七星《ななほし》希《のぞみ》

「……よかったら連絡先、交換しない？」

新田《にった》 莉生《りお》

「わー！ 冷たくて気持ちいいーっ！」

妙に広くて身に覚えのない部屋。
知らない部屋、知らない壁、知らない家具の配置。
知らないことだらけのこの部屋は、
起き抜けの違和感を如実に示している。

「昨夜は激しかったですね……」

八田《やだ》 翠《みどり》

CONTENTS

タール ∞mg　ニコチン ∞mg

イラスト／秋々あき

貞操逆転世界のたばこ事情

1本目　愛の重さはタールに比例する？

園田那乃多

OVERLAP

イラスト／秋々あき

プロローグ

これを手に取っている諸君らは、大学生だろうか。それとも社会人？　それ以外だったとして、例えば中高生であったならば、諸君が大学に抱くきらきらとしたイメージは今すぐ捨て去るべきである。なぜなら、現実の大学生とは、講義前に友人と喫煙所で駄弁《だべ》り、講義に遅刻し、講義が終わったら喫煙所で友人と駄弁り、バイトかパチンコへ行く。そして頭数が揃《そろ》えば徹夜で麻雀《マージャン》を打っているような、何の生産性もなくただいたずらにモラトリアムを消化するだけの、副流煙製造器だからである。夢も希望もない。彼らにあるのは漠然とした将来の不安と、一晩寝たらそんなことも忘れてしまう壊滅的な頭の悪さだけである。

そんなバチクソにどうしようもなく、けれどもどこか愛らしい大学生という生き物の実態を知っても尚《なお》、大学生活に夢と希望を抱くというのならば、それもいいだろう。諸君らへ共感と、あるいは懐古、啓発を喚起すべく、ここにとある大学生の一例を参照しよう。

☆

俺こと平野《ひらの》和《まどか》という人間を語るにあたって、どこで生まれ、どんな幼少期を過ごし、甘酸っぱい初恋を経験し、何故《なぜ》今のようにひねくれてしまったのかという、デーヴィット・カパーフィールド的なあれこれについては割愛する。ホールデン・コールフィールド少年のように語るのが嫌という訳ではなく、俺の半生を語ったところで特に面白い要素があるわけでもないという諦観と、そんな話を長々と語る必要がそもそも無いというただの事実からである。

今現在の俺は、「どこにでもいるただの大学生」以外の何者でもない。

俺が大学に入学してから現在に至るまでの一年ちょっとを振り返るならば、「華が無かった」という言葉がまさしく正しいであろう。「無かった」などと過去形にすることで、今現在もしくは未来には華があるに違いないと現実逃避めいた虚勢を張っているあたりお察しである。女性全般を指して「華」とするなら、この言い方には語弊があるかもしれないが、例えば自分より二回り三回り以上も年上の淑女であったり、一桁歳の女児であったり、絶望的なまでに胸囲が無い女性を「華」とするには疑問を抱かざるを得ないであろう。つまりはそういうことだ。

花の都京都において晴れて大学に入学し、周囲のきゃぴきゃぴとした陽の気に、憧れのキャンパスライフを夢想していた、当時田舎から出てきたばかりの生粋の芋大学生だった俺は愕然《がくぜん》とした。いくら記憶をほじくり返してみても、俺の地元では髪の毛を金だの赤だのに変色している異国情緒あふれる人間はいなかったし、俺を含めてどいつもこいつも守る必要のない男児の貞操を後生大事に慈しんでいるような奴《やつ》ばかりであったためだ。

そもそも高校時代からクラスに馴染《なじ》むことも無く、素行不良で知られる先輩の、半ば奴隷じみた青春を送っていた俺にとって、やれ新歓だのコンパだのと騒ぎ立てる陽キャの群れに交ざってフィーバーなんてことができるわけもなかったのだ。

そして、おっかなびっくり履修登録を済ませ、慣れない一人暮らしに悪戦苦闘しながらも大学に通いだした頃。授業後に大学のすぐ近くにある焼き鳥屋の前を通れば、新歓コンパの集合場所となっていて、集まった人間がなにやら奇声を発していてうるさいし、気晴らしに鴨川《かもがわ》でも散歩してみれば、満開の桜をバックにやれサークルだのやれカップルだのが性に春にうつつを抜かしていた。当時無性に腹立たしく思った俺は、新歓という新歓を見つけては、宴会の途中で知った顔をして店に入り飲み食いをし、バレる前にしれっと店を後にするという無銭飲食をよくしていたものだ。その結果あらゆるサークルから出禁を食らい、俺の大学生活に影を落とす一因となってしまった。バレてるじゃねえか。

まあ、そんな俺だからこそというべきか、類は友を呼ぶというべきか。俺のもとに集まった友人、もとい仲間のような連中も、俺のような「華が無い」大学生活を送っていたやつらばかりだった。……いや華が無いというか、そもそも求める気がないというか、求められてもいないというか。むしろ華なんてものがあったら警察を呼ばざるを得ないというか。

端的に言って、異常で異端のはみ出し者たちだった。

☆

「ロン。リーチハクホンイツドラ一。一万二千点」

紫煙がくすぶる六畳一間のアパートの一室で、三人麻雀を囲む卓の対面から、そう声が発せられた。

その無駄に整った顔とは裏腹に、なにかのアニメキャラがにっこりとこちらにスマイルを送ってくるシャツが痛々しい。その顔立ちと本人が基本無表情なのも相まって、もはや痛いを通り越して気味が悪いまである。

俺の友人であり異常性癖の持ち主その一である会沢議《あいざわはかる》は、早く点棒を寄越《よこ》せと手を差し伸べてきていた。

「あーあ。河みたら索子《ソーズ》危ないなんて分かるやん。そんなんやから和は弱いんやで」

俺が点棒を出し渋っているとと勘違いしたのか、隣に座る黒髪をキノコにした糸目の男がそうせっついてきた。ついでとばかりに電子たばこの煙をふうと吐きかけてくる。

「うっせくっさ死ね」

俺は渋々一万二千点を渡しつつ、煙を扇《あお》ぐ仕草をとって端的に簡潔に罵倒で返した。

基本的にこいつらは異常性癖の持ち主であり性格も終わっているため、態度に遠慮や気遣いなんてものは必要がない。それはお互い承知の上で、俺たちの互いへの態度は粗暴粗雑を極めていた。

「電子なんやからくさいのは仕方ないやん。俺だって紙吸いたいし」

糸目キノコこと幸中充《こうなかあたる》が、神戸なまりの関西弁でそうこぼした。

「まあこの部屋の主がなんて言うかだな。どうなるか知ってるけど一応聞いてみたら？」

「えー俺も知っとーけどなあ……。会沢、部屋ん中でたばこ吸っていい？」

「この部屋でヤニ吸ったら殺す」

「「知ってた」」

所狭しと並ぶアニメグッズに、壁にはポスターやらタペストリーがずらっと飾られているこの部屋の主こと会沢は、バッサリと切り捨てた。まあ彼はそのキャラ愛してるからね、しょうがないね。グッズとかがヤニにまみれて黄ばんだりしようものなら本当に殺されかねない。むしろよく電子たばこは許可を出したと褒めるレベル。

「吸うならベランダ行けよ」

「「はーい」」

そう言って、俺たち二人は大人しくベランダに出た。

俺はピースライト、幸中はラッキーストライクをそれぞれ取り出し、火を点《つ》ける。

夜の深まった住宅街に、吐き出された煙がすうっと消えていく。

「会沢のオタクっぷりにも困ったもんやな」

「なー。あいつあの服で普通に大学来るからね、隣にいると視線がすごいのなんの」

「そんなんやから彼女もできないねんな」

「……」

「何やその目」

お察しだが、会沢は重度のオタクであり、二次元しか愛せない体になっている。フェイなんとかというアニメだかゲームだかの、エレなんとかというキャラに身も心を捧《ささ》げてしまったのだと、耳にタコができるくらい聞かされた。耳にタコができるくらい聞かされているというのに、俺は未《いま》だに作品の名前一つ、キャラの名前一つ覚えらえていない。

あいつは顔の彫りが深く整っているし、少し長めの髪型も金髪に染めていてぱっと見はイケメンだし陽キャっぽいのに、その痛いTシャツと不愛想な表情のせいで女子からはドン引きされ女っ気はない。もっとも、奴が重度のオタクを卒業ないしは隠す術《すべ》を知ってしまったらたちまちモテることは確実なので、俺たち二人はどうにかして足を引っ張るべく、少しでも危機を察知したらエレ何とかちゃんの名前を出すことで本来の会沢を思い出させるように努めている。友情って素晴らしいな。

　お察しはできないかもしれないが、目の前でたばこを吸いながら「自分はそんなことないですよ感」を出してマウント取ろうとして来ている幸中という男こそ、俺たち三人の中で最も異常とも言える性癖を持っていた。俺が大学に入学してからできた数少ない友人の一人であり異常性癖の持ち主その二だ。ちなみにその三はいない。俺たちは一回生の春学期に言語のクラスで出会い、単位を三人仲良く落として以来の仲で、それから今現在に至るまでうだつの上がらない完全無欠のホモソーシャルを築いていた。築いてしまっていた。一刻も早く脱却したい。

「いや……どの口が言うんだろうって」

「何言うとるん、俺モテんで」

「へえ、じゃあ彼女は？」

「おらんけど」

「モテるなら彼女つくったらいいじゃん」

「いや、ババアにモテても仕方ないやんか。あれ、言わんかったっけ？　十四歳以下じゃないと恋愛対象ならんねん俺」

「はいアウト」

　幸中はロリコンだった。それも重度の。このまま奴を野放しにしているといつか犯罪を犯すに違いないものの、俺たちが今のところ警察に通報していないのには訳があった。

「ま、妹だけは例外やけどな。やはり妹、妹は全てを解決する……！」

「うわきも……」

煙を吐き出しつつ、してやったりといった表情でドヤ顔を浮かべる幸中には、妹がいるらしい。なんでも俺らに見せると汚れるとかいう意味不明な理由で写真などは見たことがないが、今のところ無差別にロリを愛しているわけではなく、一心不乱に妹を愛しているようなので実害が出ていないのだ。いや妹に害が出ているか。知らんけど。

ともかく、このロリコンにしてシスコンというこの世でもかなりタチの悪い性癖をこじらせてしまっている友人は、現時点において世間様になにも迷惑を掛けていないという一点で通報を免れていた。

「……まるで俺を異常性癖者みたいに言うけどな、和も大概やで」

「いやお前は異常性癖やろ」

と、少し遅れて会沢もたばこを吸いにベランダに出てきた。エアコンの室外機の上に置きっぱなしになっていたパーラメントに火を点ける。

お前〝も〟だろ、というツッコミはすんでのところで飲み込んだ。

「平野はあれやっけ、なんか巨乳が好きとか」

「巨乳しか愛せないとかいう訳の分からん業を背負ってるやんな」

「うるせえ！　結婚したら一生そのおっぱいしか揉《も》めないんだぞ大事なことだろ……！」

「一途《いちず》なんか最低なんか分からんなそれ」

「というか、巨乳が好きは一般的だろ」

「一般的っていうのは妹、並びに小さい女の子を慈しむものや」

「一般的ってのは二次元に理想を追求するもんやで」

「あー、お前たちが異常性癖者だってのがよく分かる一言ですね」

びっくりした。まるで「人を殺してはいけません」みたいな至極当然のことを言ってるみたいに独自の一般論を宣《のたま》うせいで、危うく納得しかけた。主観による認知のずれって恐ろしいな。

まあこいつらの唯一と言ってもいいくらいのいいところは自分の主観を押し付けてこないところなので、普通に付き合っている分にはこちらに害はない。会沢に関しては周囲の目が痛いくらいしか害がないし、幸中も中学生以下と思《おぼ》しき女児が目に入る度に報告してくる鬱陶しさくらいしか害はない。……結構害あるなこれ。

「……はあ、何が悲しくてむさ苦しい男三人で並んでたばこ吸わないといけないんだ」

「あ、和そういうこと言うんや。俺は悲しいぞ」

「俺たちじゃあかんってこと？　ひどい！　俺らは友達やと思ってんのに！」

「あーもーうるさいうるさい」

追記として、ダル絡みをしてくるという鬱陶しさもあった。何で俺の周りってこんな奴ばっかりなんだろう。

「でも、確かに女っ気がないのは事実やな」

「せやなあ、俺ら顔だけはいいのになんでこんな惨状なんやろ」

「会沢は……まあ無理として、幸中は自称そこそこモテるんだから女の子呼べないわけ？　たまにはちゃんと四人で麻雀《マージャン》したいわ」

「なぜ俺を戦力外とした？」

「生憎《あいにく》十四歳以下の女の連絡先は妹しか……」

「なぜ十四歳以下を呼ぼうと思った？」

「え、女の定義って十四歳以下又は妹のことやろ？」

「……お前に期待した俺が馬鹿だったよ」

「おい、俺を戦力外にした訳を聞こうやないか」

「鏡見ろ鏡。嫁がにっこりウインクしてくれてっから」

「そうだった。俺はエレちゃんのものだった」

「どいつもこいつも……」

もっとも、こいつらが「彼女ができた」なんて言おうものなら、俺は警察と精神科医を呼ばねばならないと思い直し、これでいいかと納得した。

第一章　喫煙所に出会いを求めるのは間違っているだろうか？

それは喫煙所から始まった。

俺がいつものように二限の講義にぎりぎりで遅刻しそうな時間に起床し、シャワーを浴びコンタクトを着け、最低限の身だしなみを整えて大学に行き、そして案の定遅刻するという半ばルーティン化した日常の、ふとした時の一コマ。

基本的に孤高を貫いてきた俺にとって、代わりに講義のレジュメや出席を取って来てくれる友人はいない。一人で大学に行き、誰とも喋《しゃべ》らずまた一人帰ってくる、そんな毎日で、講義の合間に行く喫煙所だけが俺のキャンパスライフに潤いを与えてくれている。クズの仲間共《幸中と会沢》は十回あったら六回は大学に来ないという限界ぶりなので、最《も》早《はや》代返を頼むとかそういう次元にいない。そんなわけで大体俺はいつも一人だった。

少し前に梅雨入りをした京都において、珍しくその日はからりと晴れ、前日の雨が蒸発してじとっと肌を撫《な》でている。俺は二限の教室に最後に入り最初に出ていくという模範的勤勉さを遺憾なく発揮し、喫煙所までの道を急いでいた。

我が大学ではお昼時になると混み合う場所は決まっている。食堂、生協、そして大学横のコンビニの喫煙所である。キャンパス中のヤニカスが一堂に会するだけあって、喫煙所に設置してある椅子の争奪戦は、かの防衛大学校の棒倒しに匹敵するとかしないとか言われている。そしてそれはコンビニ内も同様で、昼飯や飲み物を買いにくる学生で店内はごった返し、さながら物売るってレベルじゃねえほどである。

それでも俺はどうにか喫煙所にて一人分の椅子を確保し、店内に赴いた。満員電車もかくやという人口密度で、何なら昼休みのうちほとんどはレジ待ちの時間なのではと思ってしまうくらいには列が長い。

そうして目当ての商品を購入し、確保していた椅子に腰を下ろす。新緑が映える衣笠山《きぬがさやま》を視界の端に映しながら、たばこに火を点けた。ふうと一息つく。今日も争奪戦に勝ったぜ。

そんな折のことだった。

……なんか今日はやけに視線を感じる。

まあ、俺のような人間は大概自意識過剰な生き物なので、誰かに見られているような気がしていてもそれは大体気のせいである。女子がひそひそやってると「もしかして俺のこと噂《うわさ》してるのかな？」とか思っちゃうくらいには自意識過剰。

とはいえ、今はなぜだか視線を集めているのは事実。あ、ほらまた目が合った。なんかやったか俺？　小学生の時にズボンのお尻の部分が破けたまま登校して辱めを受けた記憶が蘇《よみがえ》ったので確認してみるが、別に今着ているズボンはいつも通りだった。

というか、今日この喫煙所女子率高くないか？　なんなら俺しか男いないんだけど。

我が大学の構内には喫煙所が存在しないため、いつもならここの喫煙所は講義終わりにヤニを補給しに来る男子学生や教授の吐き出す有害物質で、さながらこの世の掃きだめの様相を呈している。しかし今はどうだ。俺目線で見目麗しい女子学生が吐き出す副流煙は、まるでアルプス山脈の新鮮な空気かと間違えてしまうレベルで澄んでいるではないか。衣笠山はアルプスの一角だった……ってコト!?　もし俺が意識を失ったら人工呼吸にはこの人らの副流煙を使用してほしい。多分一発で意識戻るから。

視線を感じる理由はそれで、喫煙所に吸い込まれてくる女子たちがまるで珍しいものを見たと言うように俺に一瞥《いちべつ》をくれ、その後もちらちらとこちらを窺《うかが》ってくるのだ。いやいや逆だろうと。それは俺たちクソヤニカス男が喫煙所にいる女に対するムーブであって、マジョリティは俺たち男側であるはずなのだ。最近では女性の喫煙率も右肩下がりだって言うし。

二限終わりということもあって、時間がある時は、いつもなら昼飯をぱくつきながら二、三本吸って戻るところだが、流石《さすが》に今はいたたまれない。いくらかわいい女の子が全自動空気清浄機でマイナスイオンが出ているからと言って、これでは針の筵《むしろ》だ。もういい時間だしさっさと教室行こう。俺はそそくさとたばこをもみ消し、さっさと戻ろうとリュックを担いだ。

あーこうやって退散しちゃうから彼女できねーんだろうなあ……。

と、

「あの、平野《ひらの》君、だよね？　次の家族社会論取ってる……」

声が聞こえた。

三限の家族社会論を取っている平野君がこの場にどれだけいるかは知らないが、一応俺もその条件に該当する人物なので振り返ってみる。

「あ、やっぱりそうだ。いつも前の席に座るから覚えてたんだー」

当然のことながら、この場に男は俺しかいないため話しかけてきたのは女である。

無意識に作動する巨乳判定センサーが鳴らなかったことを少しばかり残念に思いつつ、その子に向き直るタイミングで外見を見やる。

黒髪のハーフツインに薄いピンクのインナーカラー、これまた薄ピンクのチュニックと黒色で随所にハートとフリルがあしらわれたミニめのスカート。顔を上げれば色白の肌にぱっちりお目々は泣きはらしたようなメイクが映える。

典型的地雷系女子がそこにいた。

「あー、えっと？」

もしかして逆ナンか!?　と一瞬胸が弾むが、冷静に考えてそんなはずがない。逆ナンとはレベルを超越したイケメンや有名人が経験するそれであって、残念ながら俺はまだその域に達してはいないことはこの二十年ちょっとの人生でよく分かっている。きっと「あーし彼ピと予定できちゃったから出席よろ！　わら」とかそんなんだろ。知らんけど。

まあ向こうにどんな思惑があるにせよ、女子との会話は心躍るもの。それがかわいい子であればなおさら。地雷系？　メンヘラ？　むしろウェルカムだね！　あとは胸がデカかったら完璧だった。

とはいえ名前が分からないので初手から会話に詰まる。そんなんだから彼女（以下略）。

「あ、ごめんごめん。私の名前なんか知らないよね……。私、七星希《ななほしのぞみ》って言うんだ。よろしくね」

「へー、七星さんね、よろしく。……いい名前だな七星希って」

「あ、で、でしょ!?　そうなの私も気に入ってるんだー、七つの星に願いをってね！」

存外に名前が素晴らしすぎて思わず感心してしまった。七つの星に願いをって、ドラゴン〇ールかよ。神龍呼べそう。というか七星っていう苗字《みようじ》がそもそも珍しい。まあ俺の和《まどか》も大概だけど。……おっといかんいかん、俺の名前が女っぽいという理由でからかわれた悲しい過去が蘇ってしまった。

そんなの言われ慣れてるだろうに、何がそんなに嬉《うれ》しいのかことさらに喜色を露《あら》わにする七星。これが陽キャのノリなのか？　分からん過ぎるので取《と》り敢《あ》えず本題に入りたい。たばこに火は点《つ》けない。すぐ終わるんだったらもったいないし気まずいので。お互い話すことも無いのにたばこに火が点いてるせいで身動き取れなくなって、「あー……。……へへっ」みたいな空気凄《すご》く苦手。

「で、なんか用だった？」

「あ、えと、そうそう！　わ、私も次同じの取ってるからさ……よかったらラ〇ンかイン〇タ交換しない？」

「うお、逆ナンだ」

なんと本当に逆ナンだった。思わず声に出てしまった。こんなこと有り得るのか。普通にすぐ近くに人いるのに。ほら何人か見てるよこっち。見せもんじゃねーぞ！　こちとら世紀の一瞬なんだぞ！

内心では相当に驚いている俺は、一周回って冷静に、初対面で次の授業が同じだから連絡先交換しようは文脈が意味不明だなどと考えてしまっていた。

「逆……？　で、でも、ナンパなのはそう……！」

どことなくテンパる様子ながらも、自らこれがナンパであると認める潔い態度。よろしくお願いしますとばかりにスマホをずいと寄せられる。画面を見ると、友達追加のＱＲコードが表示されていた。ラ〇ンかイン〇タと言った割にはラ〇ンのＱＲコードなんだ。

いや俺イン〇タとかやってないから、むしろ都合いいんだけどね。

「だ、だめ……？」

俺が人生初逆ナンの感動に酔いしれていると、その沈黙を否定と受け取ったのか、おずおずと言った様子で聞かれる。上目遣いで、その瞳はうるんでいるようにも見えた。

あーだめだ。なんかこの子貧乳なのにすげえかわいく思えてきた。貧乳なのに。やだ、俺ちょろすぎ……？

「全然いいよ。はい追加」

「えっ、いいの!?　ほんとに!?　やったー！」

えっこの子俺のこと好きなんじゃね？

普通に考えて逆ナンをしてくるような女は遊び慣れているものだし、俺という男を性欲もしくは都合のいい財布として消費しようと思っているに違いない。今回に限っては、授業の出席やレジュメの負担を俺にぶん投げてくるという可能性もある。

だが、目の前で嬉しそうにぴょんぴょん跳ねる七星は無邪気そのもので、どうか俺のことが好きであって欲しいと、そんな強い願望を抱いてしまう。

というか人前でこんな目立つことしてたら……ってあれ？　全然人いなくなってる。

腕時計を見れば、既に三限が始まる時刻を指していた。ちなみにこの喫煙所から教室まではどうやっても八分かかる。大学のクソ設計である。可及的速やかに構内に喫煙所を設置してほしい。怒りのあまり構内で吸って、停学処分を食らった剛の者がいるらしいと風の便りに聞いたことがある。

「やべ七星もう授業始まるわ！」

「えっやば」

「急げあの教授遅刻に厳しいぞ！」

「わっわ、まってまって～！」

慌ただしく駆けていく俺は気付かなかった。

七星が俺の名前を知る機会はないはずだ。三限の家族社会論は、個別発表などない聞いてるだけの講義だから。

なのに彼女は、一体なぜ俺の名前を知っていたのだろうか……？

☆

あのあと授業には普通に遅刻したが、なんか知らんけど許してもらえた。あのばあさん普段なら遅刻に異常に厳しくて、五分でも過ぎようものなら問答無用で教室入れてくれないのに。機嫌でもよかったのだろうか？　俺のごますりが効いたのかもな。どちらにしろラッキーだった。

なんて言うと俺が至極真面目な大学生に聞こえるかもしれないが、普段から授業なんぞろくに聞いちゃいない。なぜならネット麻雀《マージャン》で忙しいからだ。講義垂れ流し系の授業はこうして自分のしたいことをしているのが最もタイムパフォーマンスがよいとバイト先の先輩に教わってからは、専らネット麻雀か、贔屓《ひいき》にしている配信者《VTuber》の動画を視聴している。

　本日もアプリを開いたところで、流れで隣の席に座った七星からメッセージが来るわ来るわ。如何《いかん》せん隣にいるもんだから未読のまま置いとくこともできず、お蔭《かげ》で麻雀できなかったし七星についての知識が上がったし、何故《なぜ》か今日飲みに行くことになった。本当に何故だ。流れって怖い。

　そこで得た知識によると、七星は俺と同回生で同学部同専攻であり、進学を機に一人暮らしをしていて、自炊はしない派。セブンスターを愛飲する、彼氏いない歴＝年齢のヤニカスらしい。その奇抜過ぎるファッションは、大学デビューの賜物《たまもの》なのだとか。地雷系は果たして成功なのかと思うが、七星によるとそこまで過度に奇を衒《てら》ったものではないとのこと。そうなのか……。いや男なんて地雷系好きだけどね？　むしろ隣にいる俺が普通過ぎて浮いてる。

　社会の中の家族の役割と昨今のジェンダーに関する話よりも七星に詳しくなってしまった俺は、講義終了と同時に帰路に就く。七星は四限もあるらしく、名残惜しそうに次の教室に向かっていった。

　この二時間弱の情報量の多さに半ばショートを起こしていた俺の脳みそは、講義序盤辺りで飲みに行くと約束したことをすっかり忘れていたようで、別れ際に今日どこで飲むかみたいなことを聞かれ、とっさに「全部任せるわ」と丸投げしてしまった。俺の脳みそのキャパが小さすぎて泣きたくなった。小一時間前の約束も覚えられないとか脳みそフロッピーディスクかよ……。

確実に好感度が下がった。こんな俺とて、これが最低の返答だというのは分かった。あーあ！　またとないチャンスを棒に振ったよ！　クソぉ！

「はあー……」

なんだか今日はゆっくり歩いて帰りたい気分だったので、来るときに乗ってきた愛車の自転車であるサイクロン号は大学にお泊りさせることにして家路に就く。きっと明日絶対後悔するが、こういう適当な性格をしてしまったのでもう仕方がない。俺は自分のことに関しては諦めが早い男だ。すまんな、サイクロン号……。

寄り道は好きだ。普段通らない道を歩いてみるのは、存外に楽しいものである。

大学の東門を出て、馬代通を上立売通沿いに直進すると目の前にある、平野神社の境内をぶらっと回ってみた。桜はもう既に散ってしまったが、平野神社の神紋は桜をかたどっているだけあって、少し前までは境内に桜が咲き誇っていた。街の中心や鴨川《かもがわ》からは離れているためかカップルや陽キャが湧きづらいため、俺は存外にここが気に入っている。名前も同じだしな。

平日の昼ということもあって参拝客は他におらず、俺はそのまま神社を後にすると北野天満宮までの細道を歩き始めた。参拝するつもりはなかったので、北門をそのまま通り過ぎ、御前通を今出川通方向に進む。

このあたりはよく行くラーメン屋や和菓子屋なんかがあり、公私問わずそこそこの頻度で来るところだ。でも通るたびに新しい発見がある気がする。こないだも鳩《はと》にパンくずをやる爺《じい》さんから、泣きながら食パンを受け取ってる限界大学生とかいたし。知り合い過ぎて俺も泣きたくなった。金欠ってつらいよな幸中《こうなか》……。

……ほ、ほら！　こうやって男性の性的搾取を叫ぶポスターとか初めて見る。逆だろ逆。どうやって搾取されんだよ。むしろご褒美だろうが。らしさや性の多様性を押し付けてくる主張の激しい方々へのカウンターだろうか？

道中、たばこ屋のばあさんからたばこを買う。なんかおまけくれた。ラッキー。たばこ屋の隣の隣にある幼稚園に迎えに来るパパさんたちを見て、ぼやっと先の講義の内容を思い返す。なんか父性愛とか父子の情緒的絆《きずな》とか、男性の社会進出だとか言ってた。全然聞いてなかったが小レポートあるしレジュメ見返しとくか。

……ん？

…………なんかおかしくね？

……………てか、男女逆じゃね？

ぱっとしない人生。

☆

それが私のすべてだった。

普通が嫌だった。一般的というカテゴリーに属する自分が嫌いだった。

好きなアニメの主人公たちはいつだって最初は「どこにでもいるただの人間」で、ふとしたきっかけで特別な存在になる。それはいつも外的な要因で、「仕方のない状況」が彼女ら彼らを主人公たらしめていた。

私はそれを待った。甘んじて普通であり続けた。いつかくるかもしれない外的要因に焦がれ、目立たないように、波風立てないように中学高校と生きてきた。

でも、私はどこまで行ってもただのどこにでもいる普通のオタクでしかなかった。当たり前だ。ある日突然異世界に行ったり、時間がループして戻ったり、ましてや女と男が逆転するなんてあるわけがない。現実は現実、当たり前の事実なのに、そう折り合いをつけるのに私は長い時間がかかった。

「自分がちやほやされる理想の世界」を夢見ることを卒業し、大学生になって、おしゃれにも気を配りだした。ちょっと頑張ってオシャレ雑誌を読み込んだファッションではあるが、それはそれで普通だった私的にもよかった。

そうして大学デビューを飾ったのはいいけど、やっぱり現実は甘くない。理想のキャンパスライフなんてものは無くて、仲良くなった女友達と遊んだ時に気分が乗ってナンパとかしてみたり、バイト先の男の子に話しかけたりはするけど、全然ダメ。ナンパに成功した話とかそこそこ聞いたりするんだけど、結局何をするにも、「ただし美人に限る」って注釈がつく。別に私だってブサイクって訳じゃないんだぞ……。まあ胸は小さいけどさ……。彼氏できないのは私が悪いんじゃない！　社会が悪い！って現実逃避するくらいには、華のない大学生活だ。大学にはいっぱいかっこいい人いるんだけどなあ、出会いがなあ……。

平野《ひらの》君も、そんな「いっぱいいるかっこいい人」の一人だった。

校内を歩いていれば、講義を受けていれば、「あ、この人かっこいいな」と思う男の子は結構いる。うちの大学大きいし。二回生になって取った授業で、いつも前の方に座る男の子がいるのを見て、「真面目だなあ眼福眼福」なんて思って目で追っていたら、授業前の行動が同じだった。

まあ、喫煙所なんだけど。平野君より先に着けば、「まだかな。あ、来た」と内心ちょっぴり喜んで。私が後だったら、「もういるかな。あ、いた」と、いつの間にか彼のことを意識するようになっていた。男の子で珍しくたばこを吸っていることも相まって、そのうち妙な親近感すら覚えてきて、「向こうも私のこと意識しているのでは」と思うようになった。友達に話したらキモがられたけど。解せない。

　そんな訳で、平野君は私が勝手に特別視している、いわば推しのような存在だった。あ、名前を知ってる理由？　それは……まあ使いまくったよね、伝手《つて》。いやーあの時ほど友達に感謝した時は無いよ。友達の友達が、平野君と同じ言語のクラスらしくて、そこでいろいろ情報を仕入れさせていただきました。なんというラッキーガールだろうか。ラッキーストライクに浮気しちゃおうかな。今のたばこ吸ってる理由も、自分の名前と同じ名称の銘柄ってだけだし。いやまあしないけどさ。

　そんなこんなで初対面から数か月が経《た》って、日を追うごとに平野君のことが気になってきてしまった私。友達と男の子の話するときも彼のことばっかり話してるみたいで、やれ「厄介オタク」だの「ヤニカスストーカー」だのと不名誉なあだ名で呼ばれることもしばしば。推しなんだから仕方ないでしょ！　いい加減にしろ！

　周りからはさっさと告白して玉砕しろとせっつかれてて、確かに私としても平野君と付き合えたらこれ以上ないくらい幸せだし（振られる想像ができない処女特有の思考）、いい加減このままだと本当にストーカーになってしまいそうだったので、そろそろ何かアクションを起こさねばなるまいと思っていた。

　でも、成功したらラッキーくらいのナンパと、命がけで行う告白には、この私をして二の足を踏ませるくらいのハードルの違いがあって。いつも一人でクールな平野君には声を掛けづらい雰囲気があるというのも相まって、なかなか行動を起こすことができないでいた。

そんな折だった。

その日は平野君と同じ授業の日だし、いつもより気合も時間も掛けてメイクして、私が勝手にオアシスと呼んでいる、大学横のコンビニの喫煙所で彼を待っていた。

「あ……来た」

数日ぶりに見る平野君はやっぱりカッコよかったが、同時になんだか様子が違うとも思った。

いつもは、というか普段の彼は何物にも無関心そうで、でも気取ってないと言うか、ジムに通っていたりバイク好きだったりクールに見えるんだけど、でも寄り道してお菓子買ってたりしてかわいいところもあって、友達が言うには発表の時とか真面目に原稿作ってくるんだけど、時々ユーモアもいれてたりするお茶目さんで意外と優しいらしくてまあその友達は今度殺すけど、まあ何が言いたいのかと言うと私は平野君が好きということだ。

あれ？

いやそうだけどそうでなく、何だかその時の彼は何処《どこ》か挙動不審と言うか、きょろきょろと辺りを探っているように見えた。いつものガードが固い感じとは違って、隙だらけだったというか。その証拠に、いつもは目が合わないけどその時は何度か目が合ったし。さてはこいつ私のこと好きなのでは？

後から考えても何でかよく分からないんだけど、「今ならいける」と直感した。第六感と言うか、女の勘というか。まあ平野君、喫煙所にいるときはむさ苦しい女所帯に舞い降りた男神的な雰囲気あるし、少なからずみんな意識してるから、他の女に取られるくらいなら……！　と、とっさの判断だったのかもしれない。

「あの、平野君、だよね？　次の家族社会論取ってる……」

最初から学年とか趣味とか色々知ってるのおかしいし、ここはファーストコンタクトムーブで行こう……という思考の元、そんな刹那の隙を突いた訳なんだけど、流石《さすが》に挙動不審過ぎたかと思い返せば後悔が残る第一声だった。というか平野君だよね？ってわざわざ確認取ってるのすごいキモい。そんなの来た時から分かってるっての！……もっとキモいなこれ。

振り返った彼と、初めて声を掛ける事実に心臓はうるさいくらいだ。

わ、わ、声かけちゃった！　声かけちゃった〜っ！

「あ、やっぱりそうだ。いつも前の席に座るから覚えてたんだー」

ナンパは人生で初めてというわけでは無いが、あれは友達に半ば強引に連れられてのことだ。しかも私は後ろにいただけで何も喋《しゃべ》ってないし、普通に失敗してたし。それでも緊張してたって言うのに、今はその時なんか比じゃないくらい緊張している。そんな内面を必死で押し殺して、いたって平静を装った。

少し驚いた顔の平野君の視線が私の頭からつま先まで一往復し、胸辺りで一瞬止まった。なんでだろ？　そして一瞬だけ逡巡《しゆんじゆん》して、少し困った顔をする。

「あー、えっと？」

記憶にある人物かどうか確認したのだろう。そして合致しなかったと。

当たり前のことだ。そもそも顔をしっかり見ることすら初めての間柄。私が一方的に知って、勝手に親近感を抱いていただけの、関係とすら呼べないような関係。

それなのに。

「あ、ごめんごめん。私の名前なんか知らないよね……」

どうしてこんなに悲しいんだろう。

けどだめだ。ここで落ち込んだら向こうの印象も最悪になってしまう。

私は空元気を振り絞って声音を取り繕う。ここで間を空けてはいけない。

「私、七星希《ななほしのぞみ》って言うんだ。よろしくね」

「へー、七星さんね、よろしく」

やはり同じ大学の同じ講義を取っているからか、全然知らない人に声を掛けるより向こうの反応がいい。まあこれで素っ気なかったらショック死してたかもだけど。

「……いい名前だな七星希って」

アッ。

「あ、で、でしょ!? そうなの私も気に入ってるんだー、七つの星に願いをってね!」

い、いけないいけない、名前を褒められた衝撃で天に召されかけた……。

嬉《うれ》しすぎて踊り出しそうだ。私もうここで死んでもいいや……。

「で、なんか用だった?」

ふぇ?

あー……なんだったっけ。何か行けそうな気がするって咄嗟《とっさ》に声かけたはいいけど、具体的に何しようとか全然決めてなかった。というか会話できただけでもう満足レベル。よし、解散……ってだめだだめだ! そんなんだから彼氏できないんだぞ私!

でもなにしたらいい? 経験を活《い》かせ経験を。前の時は何を目標にしてたんだっけ?

えーとえーと……!

「あ、えと、そうそう! わ、私も次同じの取ってるからさ……よかったらラ○ンかイン○タ交換しない?」

い、言ったぁ……! 言っちゃったぁ!

わたわたとQRコードを表示させると、お辞儀するみたいに手を前に突き出して待つ私の内心は荒れていた。自分でラ○ンかイン○タとか言っといて、ラ○ンのQRコードを差

し出しちゃうくらいには慌てていた。

うわどうしよどうしよ、恥ずかしくて死にそう。

断られたらどうしよ——

「うお、逆ナンだ」

アッ!!

……。

はっ、危ない死んでた。

いや、なんか今変だったぞ。逆ナンって男の方から女に声かける、あの都市伝説のことだよね。これは普通にナンパですが……!

「逆……? で、でも、ナンパなのはそう……! だ、だめ……?」

そう祈るように顔を上げる。もしかして軽蔑されたかなとか、顔を上げたらもう立ち去ってましたとか最悪を想像しつつも、だがしかし。そこにあったのはいつもの平野君の顔だった。

「全然いいよ。はい追加」

「えっ、いいの!? ほんとに!? やったー!」

信じられなくてスマホを見ると、「新しい友だち」に平野君の名前とアイコンが映っていた。やばいこれ嬉しくてずっと見てられる。なんなら踊り出しそう。

私のラ○ンに。女友達しかいない私のラ○ンに！　平野君が！

なんだ私どうした？　今日死ぬのか？

思わずガッツポーズでも取ろうかとこぶしを握り締めると、少し焦った顔の平野君が腕時計を流し見ながら口を開いた。

「やべ七星もう授業始まるわ！」

「えっやば」

私としては授業なんかよりも大事なことが今目の前で起きているので、別に授業でなくても一緒に帰っちゃわないとか思ったり――

「急げあの教授遅刻に厳しいぞ！」

「わっわ、まってまって～！」

ちなみに、「男の子と言い合いながら遅刻ギリギリに走って学校行く」は、私の理想のキャンパスライフ像の一つだったことを明記しておく。

夏を感じさせる風と共に、今やっと、私の青春が始まりそうな予感がする！

☆

寄り道の終着点として選んだのは、北野白梅町にあるパチンコ屋だった。先ほどたばこを買った際に千円札が二枚ほど残っているのを確認したし、これでジャグラーでも打っていれば時間も潰せるし金も増えるしで一石二鳥だ。七星と飲みに行く約束の時間まで時間もあるし、なんなら飲み代を奢《おご》ることで失った好感度を取り戻すこともできる。まさに最高の選択肢と言えた。負けることを考慮しないギャンブル依存症特有の思考であることはさておいて。

まあ二千円は俺の今の全財産だが、こうやって不退転の覚悟をもって臨むことで台が俺を認めてくれ、ペカりやすくなるのだ。間違いない。

よく晴れた平日の午後三時ごろ。最近は段々と暑くなってきており、女性の肌の露出が増えてくるので授業の出席率も高い。ほんと、女性の肌の露出と男子大学生の出席率の相関関係とか誰か調べて論文書いた方がいい。なんなら俺が卒論のテーマにするまである。

……なんて思っていたのに。

「…………」

台を選ぶためにスロットの区画を歩き回っていて感じている違和感に、先ほど一笑に付した疑念が再び鎌首をもたげてきている。

それは、「男と女の観念が入れ替わっているのではないか」という荒唐無稽も甚だしい疑問。あまりにばかばかしすぎて、ここに来るまでにもう頭の隅に追いやってた程だ。

俺は取《と》り敢《あ》えずいい感じの台の前に財布を抜いたリュックを置いてキープすると、一旦頭の中を整理するために外の喫煙所に向かった。わざわざスロット区画の二階から降り、店内の喫煙所ではなく店外に行ったのは、外の空気を吸いたかったからだ。あと外の方が人が少ないし落ち着ける。ほら案の定俺一人だ。

先ほど買ったばかりのピースライトの包装を剝がし、中の銀紙を乱雑に破り取ると、くしゃりと手で小さくしてからそのままポケットに突っ込んだ。キンとやや粗雑にジッポで火を点《つ》け、すうと深く煙を吸い込む。

「ふー……。えー、ぱっと見でおかしかったとこは二つ、いや三つか……？」

まず、店内におばさんばっかりなこと。そのためちらちらとこちらを窺《うかが》う視線。

次に、店員。

そして、台や店内のポスター。

……おかしすぎる。いや別にいつもパチンコ屋におばさんがいないわけではないが、その割合が異常過ぎた。ド平日のパチンコ屋なんて、授業後あるいは授業をサボってきている限界男子大学生や、台を破壊する勢いでボタンを押す歴戦の猛者とか、平日休みのあんちゃんおっちゃんが大部分を占めているはずだ。それがどうだ、今の店内はちょうどその割合が男女で逆転しているかのような比率である。無いとは言い切れないながらも、異様さを感じる程度にはあり得ない。エヴァで単発駆け抜けで終わるくらいあり得ない。いやそれはちょくちょくあるか……。

それに伴って俺へ視線が集まっているわけだが、正直かわいい子ならまだしも、パチ屋に群がる限界おばさんにチラ見されても何も嬉しくない。

これもまるで、パチンコ屋に偶《たま》に現れる、何でこんな場所にいるのか分からん美女に向ける視線と同じような感じだ。「え、こんなとこに若い女!?」という奇異と興味が混ざったあれ。俺もよくしてたから分かる。分かっちゃうのかよ。

次に店員だが、パチンコ屋の店員はもちろん男女共にいるものの、特に女店員はパチ屋の華である。見目麗しい人が多く、アイドル店員なんて言ってでかでかとポスティングされたり、キャンペーンガール来店日イベントなんかもあったりするくらいには人気が高い。それが、先ほどは店内のカウンターで愛想を振りまいていたのは顔のいい男だったし、店内のポスターにもホストみてえな男が決め顔で写っていた。この世の終わりかと思った。

なんか台もタイトルは知ってるのに知らないキャラがいたりするし、マジで異世界にでも来たのかと思った。まあシンジくんに関してはＴＳ概念のせいであんま違和感なかったけど。

そして俺はこの違和感を確かめるため、スマホのメッセージアプリを起動し、とある人物に招集を掛けていた。

「来い戦士よ……今こそこの世界の真偽を問うために」

「一人で何言うとるん」

流石限界大学生戦士こと幸中充《こうなかあたる》、俺からの呼び出しに即座に応答するとは。友情の深さが垣間見《かいまみ》えた。

……まあそんな訳が無いんですけどね。世界がどうなろうとこのクズは授業をサボってパチンコ打っているだろうという俺の全幅の信頼のなせる業で、案の定そうだっただけだ。ちなみにもう一人のクズは昨夜地元で飲み散らかしていたらしく、そもそも京都にいない。

いつも通り当たりを引いてはいなかった幸中は、表情の死滅した顔でラッキーストライクを取り出すと隣で吸い始めた。こいつが当たらないのも表情が死んでるのもいつも通りと言えばいつも通りだ。願わくはこの世界もいつも通りであってほしいが。

「何なん急に呼び出して」

「大した用じゃないんだけど。最近変わったこととかあったかなって」

「変わったこと？」

幸中は遠回りな俺の質問に一瞬怪訝《けげん》な顔をするものの、次の後にはうーんと考え込みだした。煙を吐き出し、灰皿にぽとりと灰を落としてから口を開く。

「別にそんなないなあ」

「嘘《うそ》つけそんなことないだろ」

「嘘って何やねん。お前は俺の何を知っとるん」

「いやお前のことなんて知らんけどさ。ほら、店の中の台とかポスターとか男ばっかりだし、男の社会進出とか違和感感じない？」

「うーん……。別にいつも通りやと思うけど。パチ屋なんて女性客がメインだから男キャラばっかなんは当たり前やし、男が社会的に立場弱いんも今に始まったことじゃないしなあ」

「……あー、そうか。そうだったな」

一瞬間が空きながらも、なんとかそう紡いだ。

以前なら幸中は女に対しては「うるせえ家事しろ」とか言っちゃうような時代の反逆者であったので、こいつのこの一言は、俺に男女の観念が入れ替わっていることを信じさせるのに十分含意がある。状況証拠的にも、疑念は既に確信に変わっている。

となれば、いつからこうなっていたのだろう？

少なくとも俺の記憶している範囲では、昨日までの世界はこんな感じではなかったはずだ。喫煙所では男どもが毒素を吐き散らかしていたし、パチンコ屋の台、店員は男性客向けの集客を狙っていたし、俺が逆ナンされるなんてことも無かった。まあ最後のは男女入れ替わってるの関係ないと声を大にしたいところだが、それはそれとして。

一旦冷静になり、男女貞操観念が逆転した世界において、俺が元の世界の価値観を持っている事実を考えてみる。

……。

…………………。

…………………。

……俺、困ることなくね？

そりゃあ多少ショックは受けているが、なんなら「それなら俺モテまくるのでは」という下心すら芽生え始めている。だって事実逆ナンされてるからね俺。もう既にモテ期が始まってる。来たか俺の時代。

なんとなく噛《か》み締めるように「そうか……」と呟《つぶや》いたものの、俺の胸に去来したのは突然世界の常識が反転したことによる虚無感や絶望感などではなく、「あっふーん」くらいの感慨だった。どうしよう噛み締めてるものに全然味が無い。丸一日味わい尽くしたガムくらい味がしない。

これが突然異世界ファンタジーですとか言われたら流石《さすが》に焦っていたかもしれないが、概《おお》ね世界はいつも通り回っているし、現状困っていない。むしろ未来への希望しかない。貞操観念の反転による影響がどう出てくるか分からないものの、まあそれもきっと何とかなるだろう。というかその類いの不安感とか、モテるというＱＯＬ《クオリティオブライフ》爆上げの圧倒的重要事項の前に霞《かす》んで見えないレベル。

だがしかし、突然世界が変わった以上、突然元に戻る可能性は十分にある。それでは困る。とても困る。この世界で無条件でちやほやされるという温室に慣れきってしまったら、

元の世界の荒波に耐えられる自信がない。

つまり、自分からがっついて行かない方が賢明……！　圧倒的賢明……!!

ぬくぬくとモテることに浸りきってしまうと、戻った時の反動が怖いからな。正直、馬鹿みたいにモテるんだったらオタサーの姫とかパパ活とか楽して小遣い稼ぎできることをしてみたかった気はあるが、ここは自重しておくべきだろう。そもそもこの世界で俺がめっちゃモテるかどうかはまだ分からんし。まあモテると思いますけどね？　既に一人から逆ナンを受けているのでね！　あ、この世界では逆ナンではないのか。ややこしいな。

しかし、とは言っても何もしないわけでもない。だってちやほやはされたいし。なので、待ちスタイルで行こうと思う。積極的待ちスタイルで。自分から男を売っていくようなことはせず、俺という餌に食いついてきた女だけに的を絞って、ちやほやされに行くことにしよう。是非巨乳でかわいい子がいたら俺に話しかけてきてくださーい！

「どしたん和《まどか》、急に黙り込んで。話聞こか？」

たばこを灰皿に押し付けながら、幸中が声を掛けてきた。流石に一人で考え込み過ぎていたらしい。

気付けば俺のたばこもじりじりとフィルター近くまで延焼してきており、最後にふうと一口吸ってから、幸中に倣って灰皿に放り込んだ。

「やめて、お前に言われると冗談に聞こえない」

「人が心配したってんのに!?　俺はちゃんと女が好きや」

　セリフがテンプレ過ぎて冗談にも聞こえるが、心配をしたというのは嘘ではないだろう。死んだ顔にこちらを窺うような表情が灯《とも》っていた。なんだかんだ友達である。言葉にはしないものの、内心感謝をしておいてやる。

「どうせ妹か中学生以下じゃないと女じゃないとか言うんだろ?」

「何を当たり前のことを」

「性癖異常者め」

「和も女の胸に興奮するとかいう訳分からん性癖してるくせに!」

「だからそれは一般的だ――――」

　一般的だろと言いかけて、口を閉じた。前の世界において男が女の胸が好きなのは最早《もはや》太陽ではなく地球が回っていることくらい当たり前だが、この世界は逆だ。しかし、女が男の胸に性的興奮を抱くという嗜好《しこう》は、どうやっても異常とは言えないだろう。マイナーではあるかもしれないが。ではなぜ幸中はあんな発言をした?

　考えてみる。今さっきは軽率に女が男の胸に性的興奮を覚えることは異常ではないとしたが、それは男が優位な世界で、身長とか筋力とか、身体的強度が女より高い前提の話だ。男が狩りに出て、力で女子供を守ってきた世界の話。しかし、この世界ではそう言った部分はどうなっているのだろう?　七星《ななほし》や大学にいた女などを見ても、ぱっと見の体格も女は華奢《きゃしゃ》なままだった。なので少なくとも体格に関しては据え置きになっているはず。アニメみたいに細身だけど筋力はめっちゃある、みたいに内包する筋量が底上げされているとかだったらもう知らんけど。

つまり、現状、身体的強度は女より男の方が高いのに、女性優位な世界ということになる。人類学者が見たら頭を抱えそうな状態だが、世界は斯《か》く在るので仕方がない。

であるならば、劣位だが身体的強度が女より高い男が、自分より弱いが優位な女の胸に性的興奮を覚えるという性癖はどう映る？

男女を逆にして単純に「～みたいなもん」と変換できなくなってしまった俺は、今割と窮地に立っていた。なにせ、俺の中の常識という土台が崩れてしまっている。思ったよりこの世界で生きていくのはめんどくさいかもしれない。

だから俺は、

「一般的じゃないのかもしれん」

「おいどうした!?　この一瞬で何があった!?」

俺の中の「常識」がもう既に風前の灯火《ともしび》の今、安易に男女を逆にして置き換えることができない。幸中が一般的じゃないと言えばそうなのだと理解し、再構築していくところから始めないといけないわけだ。まあ別に幸中じゃなくてもいいけど。そもそもこいつの言う「常識《ロリコン・シスコン》」が本当に一般的であったら、俺は世を儚《はかな》んで自殺するかもしれん。そんな世界では生きていけない。いやまあそこんとこ弁《わきま》えれてるから友達なんだけどさ。如何《いかん》せんそれすら分からないからね今。

「え、だって女の胸が好きって異常なんでしょ？」

「いや異常とは言わんけどさ、何があってそんな殊勝な感じなん？　怖すぎるて」

「異常じゃない!?　お前ふざけんなよ！　ハッキリしろよ大事なことだろ！」

こちとら常識の確立の真っ最中なんだぞ！　赤ちゃんと同じなんだぞ！　間違った知識を吹き込むなよ！

「え、ええ？　なんか今日の和怖い……」

「そういうのいいから早く教えて」

「えぇー……うーん……、和は女の胸がデカいのが好き、ってか興奮するんやろ？」

「とてもそう思う」

「そんなアンケートみたいな……」

「そういうのいいから！」

「じゃあまあ続けるわ。えー、女って胸がデカいの割と自慢げにしてるけど、男からしたら正直どっちでもいいかなあって思うねんな。昔は学歴とか収入と並んでハイスペック扱いされとったみたいやけど」

「……身長みたいなもんか」

「いや胸の話やろ。まあ明らかに小さかったらちょっと嫌やけど、普通くらいあったら別に気にならんもんや」

「身長みたいなもんだな……」

「だから胸の話やって。確かに身長も似たようなもんやけど！……つまりそういう意味で、デカいのが好きって和はちょっと変わってはいるかな。単にデカいのが好きって人は普通におるけど、それに興奮するってのは俺にはよく分からん」

ふむ。何となくだが、前の世界での女の胸の大きい小さいは、この世界だと身長の大きい小さいみたいなことに変換されるらしい。

……ん？　じゃあ逆に、女は男のどこに性的興奮を感じるんだ？　性的にも優位な立場にあり、「子孫を残す」というマインドの優位性は女性にあるはずで、だとするなら前の世界でのおっぱいみたいに、男にもセックスアピールする箇所があるはずだ。

一説によると、男がおっぱい大好きなのは、四足歩行から二足歩行に進化したことによる尻の代替という説があるらしい。猿などは赤くて丸い尻がオスへのセックスアピールになっているが、人類が二足歩行に進化した際に、それまで目立っていたお尻から胸へアピールポイントが代替したとする説だ。それがこの世界だとどうなってるんだ……？　もしかして身長だったりしないよな……？

いや、まあそんなことはさておき、重要なのは俺が前の世界で言うところの「巨女が好き」みたいな性癖になってしまっているという点だ。もしくは、身長そのものに性的興奮を覚えるということになっているか。幸中《こうなか》の言い方的に、後者なんだろうな。その筋の皆さんには申し訳ないが、割と異常性癖じゃん……。

「俺もついに異常性癖デビューってわけか……」

「ついにって何やねん。和は出会った時からそうやったやん」

「いや、色々あったんだよほんと……」

幸中と会沢《あいざわ》の性癖を小馬鹿にしていた俺も、晴れてそっち側の人間になってしまった。

幸中は幼女と妹に、会沢は二次元に、俺はデカい身長に対して性的興奮を覚えるわけだ。この三人の趣味嗜好終わり過ぎだろ。世間に存在していていいのか申し訳なくなってくるレベル。

店内に戻った俺たちは折角だしと並んで台の前に座り、メダルを入れ、レバーを引き、ボタンを押しながら、俺は万感の念を込めつつため息を吐《つ》いた。ちなみに座った台はジャグラーボーイズSSである。ちょっときわどい格好をした男のキャラがウインクしてきている。もはや何も言うまい。慣れるしかないのだ。

「なんか大変みたいやなあ、知らんけど」

「なんでそんなぞんざいなの？　友達じゃないってコト？」

「ヒス構文みたいなんやめ——ペカってんで」

「よっしゃきたあ！」

「元気やん」

ちなみにちゃんとビッグを当て、ジャグ連引いて無事に飲み代を稼ぐことができた。やっぱ台が情けを掛けてくれたんだね。ボーイズ最高！

あと幸中はいつも通り爆死した。

「なんでぇ!?　俺がいくら入れた思てんねん！」

「うるさいよ周りの迷惑でしょ」

「なんでそんなこと言うの！　友達じゃないってコト!?」

「うわ、うるさ」

☆

七星と飲む約束をした店は、全国チェーンで学生御用達《ごようたし》の居酒屋、烏貴族《からすきぞく》だった。なんでも大学近くの店は知り合いにばれる可能性があるらしく、街中の方になった。流石陽キャ、居酒屋に行けば知り合いに出くわすとは恐れ入った。

俺としてはどの店舗も等しく知らないという意味で何でもよかったし、アルコールに弱いくせに酒は好きというめんどくさい性質なので、内心ちょっと楽しみにしていた。

どのくらい楽しみにしていたかと言うと、指定の時刻の一時間前には集合場所に着いちゃうくらいには楽しみにしていた。だって女と飲むの初めてだもの。しょうがないじゃないか。

幸いなことにここはこの都市の中心街、河原町。暇をつぶせる店、施設などいくらでもある。ゲーセンをはじめとしてカラオケや、寺町、新京極通まで入れば店を覗《のぞ》いているだけでもいくらか時間をつぶせるだろう。

まあ、我ら喫煙者は時間が空いた時の過ごし方など決まっているが。

「喫煙所どこだ喫煙所……」

さながら幽鬼の如《ごと》く喫煙所を求めて徘徊《はいかい》する俺は、見ようによってはヤニに脳みそがやられた本当のゾンビのようだ。ほらいるじゃん、ゴキブリに毒針刺して脳みそ破壊してゾンビにしちゃう蜂。って誰がゴキブリじゃ！

基本的に、喫煙者は社会から疎まれ隔離される存在である。そのため、喫煙所は路地の奥の方とか、ぱっと人目につかないような陰気くさい場所に設置される傾向にあると思う。俺の所感だが。

そのため、路地が碁盤の目のようになっているこの都市の特性上、その場所を把握するのは容易……

「なんだこれ全然ないぞこれ」

ではない。

なぜかは知らんがさっきから全然見当たらない。おかしいな、地元ではこの方法で百パーセント見つかるのに。

いつの間にか待ち合わせ場所からも少し離れてしまったので、少し休憩でもするかと目についた公園のベンチに腰を下ろす。にしても繁華街のど真ん中にあるにしては結構大きいなここ。遊具とかは全然ないけど。

もう夏の訪れを実感できる季節ということもあり、夕方でもまだまだ外は明るい。冷たい缶コーヒーでも買うかと目線を上げれば、スカートスーツを着た女性が、幽鬼のようにふらふら歩いていくのが目に入る。幸薄そうだなあなんて思っていると、ぽとりと何かを落としていった。

あ、落ちたなんてぼんやり見ているが、スーツの女性は自分が何か落としたことに気付く様子もなく公園の奥に吸い込まれるように歩いていく。その様子から、すわ幽霊ではなかろうかとおっかなびっくり落としたものを拾い上げて、俺は確信した。

「同類《ゴキブリ》だ……！」

って誰がゴキブリじゃ！

そして案の定と言うかなんというか、先のスーツの女性は俺と志を同じくした人だった。

たばこ落としてた時点でそれしかない。たばこなんて財布の次くらいに大事なものなんだから落としちゃダメだろ。

そんな確信の元ついて行けば、公園の奥にまるで外界と隔絶させるがごとく反り立つ壁に囲われた喫煙所があった。こんな近くにあるの見逃すなよという意見もある。公衆トイレの陰に隠れて見えなかったんだよ……。

中に入れば、やはり女性の比率が多かったが、街中ということもあってか男性の姿も見受けられた。まあ俺を除いて一人だけど。なんか心なしかその男の周りだけ人口密度高い気がする。台風の目みたいになってるよあそこ。

そんな、いまだちょっと慣れない光景を見ながら、俺はここに来る前に何となく買ってみたセブンスターに火を点《つ》ける。別に七星《ななほし》がどうとかいうあれではない。断じてない。

今までピースしか吸ってこなかったのもあって、ちょっとワクワクしている。誰だよ俺に「和《まどか》」なんて名前つけたの。平野《ひらの》和略して平和《ピース》じゃねえか。俺にピースしか吸えない業を背負わせるな。いや名前つけてくれたのおばあちゃんなんだけど。嫌いじゃないです、この名前。

小学生の時には女子っぽいという理由でいじられたものだ。いじってきた奴《やつ》、悪魔と書いてデビルだったからな。すぐ転校してったせいで君だったかちゃんだったかはもう覚えていないが、そっちの方がよっぽどたち悪いだろ……。

こういう過去はこの世界に来てどうなってるんだろうな。なんか都合いい感じに書き換わってたりするのかな。七星とかの名前を見るに、名前の男女っぽさに関してはそのまな感じするし……。

いつものように一口めは深めに吸ってみると、セブンスターは「重い」と感じた。所謂《いわゆる》たばこっぽいというか。普段吸ってるピースライトが十ミリだから、十四ミリのセブンスターは重いと感じるのは当然と言えば当然なのだが、ピースがほのかに甘く華やかな印象だとすれば、セブンスターはたばこの王道という感じで、ありのまま本来の風味を伝えてくれているようだ。

セッターもなかなか行けるなんて思いつつ、ふと気づけば俺の隣に女の人が立ってた。うおびっくりした。恐ろしく速い移動、俺でなきゃ見逃しちゃうね。

てかこの人さっきのスーツの女の人だ。あれ……スーツの人？

……あ、たばこ返すの忘れてた。

何してんだよ俺。そもそも「落としましたよ」って言いに来てここにたどり着いたってのに、喫煙所入場からのヤニ補給がセット過ぎてすっかり忘れてた。

申し訳ないと感じつつ、羽織っていたシャツの胸ポケットに入れていたマールボロメンソールに手を伸ばす。

にしてもあれだなこの人、なんかこう、どんよりしていると言うか、幸薄そうと言うか。ともすれば怒っているのではないかという雰囲気だ。少し明るめの黒髪をローポニーテールで結っていて、その薄幸さ加減から分かりにくいが、目鼻立ちが整っていて普通に美人だ。さっきから俺の巨乳判定センサーがアラートをならしているところを見るに胸もでかい。

「あの」

うひゃあ話しかけてきたぁ！

な、なんだろ逆ナンかな……？

「な、何ですか？」

何ですかとか言いつつ、そもそも話しかけるべきは俺であって、この人ではないだろうにと疑問に思う。いやさっさと渡さない俺が悪いんだけどさ。

「あ、あの。ここに来るまでに、マールボロのメンソールが落ちていませんでしたか……？　私どこかで落としちゃったみたいで、でも会社を出る時にはあって、この辺で落としたはずなんですけど、すぐ後にあなたが入って来て、それで……」

……。

あー、これは百パーセント俺が悪いですね。すいませんでしたァ！

お姉さん曰《いわ》く、すぐ近くで落としたであろうたばこを、自分の次に喫煙所に入ってきた俺がどこかで見なかったかという話だ。確かにこの場では俺がその在りかを知っている可能性が一番高く、俺に話しかけてきたのは妥当な判断だろう。事実そのたばこ俺が持ってるし。早く渡せよ。

どうしよう俺しか悪くない。この世界で女から男に話しかけるのは緊張するだろうに、オロオロしながらそう話し掛けてきているこの人を前にしたら、「たばこくらい無くしたら買えばいいのに」なんて畜生みたいな思考は働かなかった。

俺はなんだかスンッとしながら胸ポケットに伸びていた手を引き抜いて、下半身と上半身がジャスト九十度になるように最敬礼の姿勢を取ると、恭しく手のひらにたばこを載せ、お姉さんへ献上した。

「お返しするのが遅れてすいませんでしたァッ！」

「ひっ、あ、え、どういたしまして……？」

シュバッとした俺の動作とは翻ってお姉さんはおずおずとたばこを受け取った。

「……拾ってくれていたんですね。ありがとうございました」

「はい！　いいえ！」

「……」

どっちなんだよと言いたげなお姉さんの視線が痛い。

そのままお姉さんは困ったような表情を浮かべ、少しの後にボックスタイプのマールボロメンソールから、ジッポを取り出した。あ、それ残りが少なくなった時に俺もよくやる。かさばらないから便利なんだよな。

「……本当にありがとうございました。これ、大事なものなんです」

手の中のジッポを指でなぞりながら、そうはにかんだ。

……え、かわいい。かわいくないか？　かわいいぞこれ！

明らかに年上なんだろうけど、なんというかこの幸薄そうな感じとか、オロオロしてる感じとか、庇護欲《ひごよく》をそそられるというか。あとおっぱい。そんな人が屈託なくはにかんだ時の威力半端ないな。あとおっぱい。

早鐘を打ちそうな心臓をなんとか隠し、表情を取り繕っている俺をよそに、お姉さんはそのままの流れでたばこを一本取り出すと口に咥《くわ》え、ジッポで火を点けようとフリントホイールを擦《こす》っていた。

「あれ……？　オイル切れかしら」

俺はその一連の流れを、たばこを吸うことも忘れてぼけっと見入っていた。女の人がたばこに火を点ける時の所作、いいな……。なんかラーメンを食べる時に髪をかき上げる仕草に似た何かを感じる。感じない？

「あの。火を、貸していただけませんか……」

「も、もちろんいいですよ。……どうぞ」

ポケットに入れていたジッポを取り出し、火をお姉さんの方に向けた。

冷静になって考えれば、こんなことをしなくても普通にジッポを手渡すだけでよかった

のだが、見つめてしまっていた罪悪感と焦りから、こんな距離感ガバガバムーブをかまし
てしまった。どうしたんだ俺。いつもの俺らしくないぞ。

「あ、ジッポなんですね」

「は、はい。貰《もら》いもんですけど……」

「私もです。ふふっ」

お姉さんは微笑《ほほえ》むと目を閉じて、たばこを咥えた唇をん、とこちらに寄せてくる。うわ
なんかエロい……。

女の人とこういうことするの初めてだなと、さっき意識してしまったことも合わさって
余計にドキドキしつつ、ジッポの火をたばこの先端に近づけていって――

カチッ、ボオォッ……。

横から現れたターボライターに、その役割を奪われた。

思わず二人してそのライターの主を見やる。

「……平野君さあ、何やってるの？」

出会って数時間だけど分かる、明らかに怒った様子の七星希《のぞみ》が、そこにいた。

☆

七星希がたばこを吸い始めたきっかけは、特段変わったものではない。

好きなアニメのキャラクターが吸っていたからという、ごくありふれた理由だ。だが、きっかけがアニメであっただけに、その影響をもろに受けていた。

そのアニメには、とあるシーンがある。それは別に男女の甘酸っぱいものではないが、主役格の男女のキャラ二人がたばこを吸う場面だ。一人がたばこに火を点けようとするもライターが無いからくれと言い、もう一人が自分が吸っていたたばこを咥えながら差し出すというもの。所謂シガレットキスというもので、不器用ながらも二人の仲が深まったことを表す作中屈指の名シーンだ。

希は当然それに憧れ、いつかやってみたいと思うようになる。

だがしかし、ただでさえ異性の知り合いが少ないというのに、それが喫煙者なんて望むべくもない。そもそも男性の喫煙率が高くないのだ。

だから、それが叶《かな》う可能性のある相手である和が、好意を寄せる相手が、自分以外の女に火を点けようとするのが嫌だった。シガレットキスではなかっただけましだが、それに類する行為は自分にだけしていて欲しかった。というか他に女の人がいるのにわざわざ和に近づいてくるなんて下心があるに決まってる。おっぱいも大きいし敵だ。

☆

視点は戻って、膠着《こうちゃく》状態の三人。

和のもう一つの手の指に添えられていたセブンスターから、灰がぽとりと落ちた。

「何って……火を貸そうとしてただけだが」

「ならもう点いたからいいよね」

あー、なるほどなるほど。

七星が怒っている理由は何となく、「遊ぶ約束をしていた男が他の女といた」的なところだろうと予想がつく。まあ俺たちは付き合っているわけではないから理不尽と言えばそれまでだが、その気持ちはよく分かる。俺も高校の時、ちょっと話すようになった女子を特別視しちゃって、俺以外の男と仲良い様子見た時は嫉妬しちゃったりしたからな。まあ後日罰ゲーム的なあれで俺に話しかけてたの知って人間不信になりかけたけど。

だが待って欲しい。このお姉さんとは偶然居合わせただけだし、ただ火を貸していただけなのだ。今後会うことも無い。まあちょっとエロいなとは思ったが。

別にやましいところは何もないものの、こうやって俺に執着してくれているのを目の当たりにすると、こう、なんだか嬉《うれ》しいですね。やだこの子俺のこと好きなんじゃねーの？

そうやって七星の心中は十二分に察することができるので、さっさとこの場は退散するぜ！

「そうだな。お姉さんすいません、連れが来たんで行きますね」

「えっ、あっはい……」

「それじゃ。あー、お仕事頑張ってくださいね！　じゃあまた！……行こうぜ七星」

こういう時は、俺は相手の女に欠片《かけら》も執着が無いと示すのがいい、気がする。

何の未練もなく、と言ったら嘘《うそ》になるが、彼女の手を引いて喫煙所を後にする。俺は童貞だが、自分から異性に触れに行ったりできない訳じゃないので、必要とあらば触っていくぜ。必要じゃなくても触りたいぜ。

「ひぇ、ひらのくんと手つないでる……」

「さー今日は飲むぞー」

「お、おー！」

なんかいい感じに抜けられたのでヨシ！

別に今はもう手をつないでいる必要は全くないが、かといって離す理由がどう頑張っても見当たらないのでこのまま行くことにしよう。かわいい女の子と手をつなぐ機会なんていくらあってもいいしな！

ちょっとテンションも上がったので冗談なんて言ってみる。

「もちろん七星《ななほし》の奢《おご》りな！」

「え、最初からそのつもりだけど」

「え」

「え？」

「「……え？」」

あ、この世界男女逆なんだった……。

☆

「平野《ひらの》君は烏貴族《からすきぞく》来たことある？」

「ないなー」

「そうなんだ！　じゃあいつもどんなところで飲むの？」

「普段からあんま飲んだりしないけど、家か、近所の居酒屋のどっちかだな」

「へー、今度行ってみたいなぁ」

「……それはどっちに？」

「うぇ、も、もちろんお店の方だよ!?　決まってるじゃん！」

「ふーん？　まあどっちでもいいんだけど」

「……え!?」

七星が予約を取ってくれていたため、店にはスムーズに入ることができた。そして予定調和の喫煙席。なんでも、大学近くの方は喫煙席側はカス大学生で混むからこの店を選んだという理由もあったそうだ。どう考えても街中のこっちの方が混みそうなものを、うちの大学全体の喫煙率の高さが垣間見《かいまみ》えた。そら構内に喫煙所もできないわけだ。

ほんと七星って、さっきも迎えに来てくれたし、まあ普通に喫煙所来ただけかもだが。でも予約も取ってくれてたし、ヤニ配慮もあるしで、株の上昇が止まらない。見た目が見た目なだけに少し身構えていたが、普通に話せるし。何だこの子いい子過ぎんか。

キョドりつつも慣れた手つきでタッチパネルで注文を始める彼女を見ていると、とあるメニューが気になった。

「なにこれ。キャベツ盛り無料なのここ？」

「あ、そうなんだよー。すごいよね。注文してみる？」

「もち。無料でもらえるものは取り敢《とあ》えず何でも貰っとく主義」

「なにそれー、じゃあ注文っと。他には？」

自分の分は入れ終わったのか、パネルの画面を見せつつ聞いてくる。こっちが言ったものをカートに入れてくれるようだ。

キャベツがメイン級のつまみになるか分からないので、取り敢えず個々のメニューをいくつか頼んでみることにする。

「取り敢えず生と、ねぎまとハツをそれぞれ塩とタレで」

「了解了解。平野君ハツ好きなんだ」

いきなり内臓系のハツに行くのは珍しいのか、七星がそう訊《たず》ねる。

ハツは心臓のことであるが、俺はこれが存外に好きなのだ。あの触感と、それでいて変に臭みがない感じが。ちなみにホルモンは好きじゃない。

「まあな。でもキャベツが美味《おい》しかったらこれ以降キャベツオンリーで行く所存」

「ええもったいな！　もっといろんなの食べようよー」

少し笑いながらそう言いつつ、たばこを取り出す七星。いいかと目で聞いてくるので、当然首肯で返す。そうして俺もセブンスターを取り出した。結局さっきは数口くらいしか吸ってないからな。

「あれ。平野君いつもピースじゃなかったっけ？」

出会って一日経《た》ってないのに俺がいつも吸っているたばこの銘柄を知っていることはさておいて、まあ特に理由は無いと告げる。いやマジで七星は関係ねえから！　まじで！

「ピースもあるぞ」

「あ、そうなんだ。……うん、やっぱそっちのが平野君って感じする」

七星はセッターを咥えながらそうはにかみ笑った。そう言われたら仕方ないと、俺はピースの方を口に咥えジッポを取り出し——

……いや、ちょいとかましてやるか。

「吸う？　ピース」

「え」

あ、セッター落とした。

「……じゃあ、これと交換ってことで」

「え」

そう言いつつ俺は咥《くわ》えていたピースを灰皿に置き、その流れで先ほど彼女が落としたセッターを拾い上げ、口に咥えた。

ど、どうよこれは。一回咥えた奴《やつ》だぞ。間接キスだぞ。こ、これは相当揺さぶったんじゃないのか……？　正直ルージュが付いてるたばこ拾った時点で俺も相当テンパってる自覚はあるが、これで向こうが「え、そんなん普通ですけど？」みたいな顔してたら恥ずかしくて立ち去る自信がある。七星が俺のことを意識してなくて普通にキモがられた場合も同様。

そう思いつつ七星の顔を見れば、

「じゃあ、これ貰うね」

そう言いつつライターで火を点《つ》け始める。

え、あれ？　なんか全然普通なんだけど……。もっとテンパってくれるかと思ったのにテンション変わらないいんですけど。

頑張って揺さぶりにかかった策が失敗に終わった俺は、わりかし死にたかった。主に恥で。どうしよう帰ろうかな。

「あ、あれ？　なんでだろ。火が点かない？」

クソ雑魚メンタルが発動し、トイレに逃げ込もうかと現実逃避をしかけたが、その言葉に我に返りつつ目を凝らす。すると、七星も七星で動揺してくれていたことが分かった。

俺はにやっと笑った。

「七星先生、たばこ逆さだぜ」

「……っ」

七星はかあと顔を赤らめ、俺でなきゃ見逃しちゃうような恐ろしく速いスピードでたばこを返すと、何事もなかったかのように吸い始めた。

「……あー!!　ピースはやっぱり香りがいい！　香りが！」

「……そうだね」

なんだかちょっと七星とは上手《うま》くやっていけそうな気がする。

内心穏やかに、俺も七星のセブンスターを咥え――

いや待てよ？　これそういう流れなのでは？　だってここは関西だ。やることなすことにオチをつけ、笑いを取って行かないと市民権を剥奪される魔境だぞ。

そうと決まれば。

「あれー火が点かない。なんでだー」

「……あー。平野先生、たばこ逆さだぜ？」

「……」

「「……」」

あれ？　空気が死んだ。なんで？　ちゃんと天丼したはずなんだけどな。

というかこのネタってこの世界でも通じるんだ。となると作品とかネットミームとかは男女入れ替わってるだけで普通にあるのか？

折角だしちょっと聞いてみるかと思い、反転させたたばこに火を点けようとジッポを手に取ったその時だった。

「平野君っ」

ぎこちないながらも、七星のライターが差し出される。

「……ん。ありがと」

「えへへ。どういたしまして！」

安心したような、それでいて嬉しさが隠し切れないような、そんな笑顔で七星がはにかんだ。

そんなに人のたばこに火を点けたかったんかな。ホスピタリティの化身か？

☆

その後注文した品が到着し、乾杯を済ませ互いにいい感じに酔いが回った頃。

「平野君、顔赤いねえ。あんまり強くないの？」

「いや普通普通、すぐ顔に出るんだよな。意識はまだはっきりしてるけど」

「そっかあ、たばこに火点けてないのに吸ってるからてっきり弱いんだと思ったよー」

……ほんまや！

そんな訳あるかと、咥えていたたばこをつぶさに観察する。

「……」

「え？　ギャグじゃないの？」

「……俺、酒ザコでした」

訂正。俺だけいい感じに酔いが回った頃だった。いやこれは七星が火を点けてくれるのを待ってただけだから！　酔っぱらってるとかじゃないから！

しょうがないなあなんて言いながら、七星が火を点けてくれた。いい子や……。

「そういう七星は結構強いんだな。それ何杯目？」

「そう？　四杯目だけど、あんまりきついのじゃないからね」

そう言いつつ、空になった巨峰サワーがとんとテーブルに置かれる。

俺の倍の量を飲み干しておきながら俺より平気な顔してる時点で強いんだよそれは……。俺が雑魚過ぎるだけとも言う。最初にビール頼んだのがいけなかったな。「取り敢えず生」が言いたくて無理をしてしまった。殊更にビール弱いのに。

男女が入れ変わっているとしても、女子より弱いという事実に若干打ちひしがれてしまう。

「そんな気にしなくてもいいのにー。男の子なんだから普通だよ」

「うっ、そうだよな普通だよな……俺みたいなアルコール弱者は黙ってキャベツ食べるわ……」

「あれ!? 私なんか地雷踏んだ!?」

気落ちした様子の俺がキャベツをもしゃもしゃ食《は》みはじめたのを見て、なにやら七星《ななほし》がわたわた慌て出した。

俺が勝手にバッド入ってるだけなのになんだか申し訳ないな。全然気にしなくていいのに。なんなら「平野君バッド入ってんじゃーん！　うぇーい！」とか騒いでくれた方がまし。いやそれはノリが陽キャ過ぎて無理か。

気にしないでくれという意味も込めて、バイトの話でも振ってみる。大学生の話のネタとしては鉄板だしな。

「そういえば七星ってどこでバイトしてるんだっけ？」

「あ、えーとね。千本今出川らへんの串カツ専門の居酒屋だよ。ぜんっぜんお客さん来なくて超暇だけど」

なんと千本今出川あたりなら我が家からほど近いではないか。うちの大学に通ってるやつはその辺まで住んでるやつ多いし、当然っちゃ当然か。

ちなみに俺の家は千本通をもう少し北上した、下界を睥睨《へいげい》できる位置にある。北大路よりは少し南だな。なぜ毎日天上に住まう俺がわざわざ下界に降りてきて大学に通わねばならないのか甚だ疑問だ。坂も多くて本当に苦労しかない。もう大学が来い。

「千本今出川ならうちから近いし、今度行ってみようかなあ」

「おー、待ってるよー！　うちの女将《おかみ》さんいつも売上ヤバいってぼやいてるから助かる！」

そんなになのか……。ギャンブルで小金が増えた日は七星のバイト先に落としてくのもありか。と酔いが回った頭で考えたが、これで今後もし七星との仲が微妙になってしまったら店に行かなくなるし、そうなれば大将とかにも「あの子来なくなったな、七星ちゃんとなんかあったのかな」とか思われるのも嫌なのでやはりやめとこう。そもそもお金もないし。

「ま、行けたら行くわ」

「それ絶対来ないやつじゃん！」

たはーとおどけて七星がツッコんでくる。が、心外である。確かに行けたら行くと言って実際に来た人間を見たことは無いが、俺はそんなやつらとは違う。お金ができて、気持ち的にも行こうかなと思い、かつ七星がシフトに入っていない日なら行くのもやぶさかでないと思っているのだ。実質行かない。

「女将さんも大将もすごくいい人だから、何とかしたいなーとは思ってるんだよね。食材とかもこだわってて串ものもおいしいし……」

たばこを片手に物憂げな様子の七星を見ていると、本当に店自体に何か問題があるわけではないみたいだ。地図アプリで確認したが、立地もいいはずなのに、ほんとになんで客入り悪いんだろ。あ、ここ俺んちの最寄りのパチ屋のすぐ近くじゃん。ふーん……。

ともあれ、何か俺にできるわけでもないし、ここは「そうなん」とか言って理解のある雰囲気を出しつつ、その実なにもしていない魔法の言葉を掛けておくに留《とど》めた。

「まあ、そのうち何とかなるだろ」

「そうかなあ……」

「そうそう。人生そんなもん」

もしかして七星がバイト中ネイル付けたままだから、とかいうオチじゃないよな？　いくら顔がよくても、居酒屋で黒くてごてごてしたネイルの店員が飯持ってくるの、嫌だぞ俺は。居酒屋とか飯屋なら、素朴で元気と愛想がいい子が配膳していて欲しいと思う。

ともかく、そんな感じで恙《つつが》なくその日は終わった。ちなみに支払いは割り勘だった。話した感じもう栓無きことだったが、俺が店決めとか丸投げした申し訳なさから奢《おご》ろうとしたのを止められたのだ。奢ってしまうとスロットで勝った分を超過してしまうところだったので正直助かった。やはり七星マジ天使。略してやなてん。

七星は二軒目行きたそうな感じを出しつつ、でもそれを口にするのは躊躇《ためら》われるみたいな雰囲気でオロオロしていたが、結局お開きと相成った。

初手からがっついてこない感じ、とてもいいと思いました、まる。

☆

わたくしは西園寺《さいおんじ》京《みやこ》。我が大学の最大出資者、西園寺財閥の跡取りです。西園寺家に女子として生まれたものの宿命として、将来の成功は約束されたも同然ですが、同時に自由があまりないこともまた必然。まあそのあたりは高校時代に割り切りましたし、今は最後のモラトリアムとして大学生活をそこそこ楽しんでますのよ。

そんなわたくしにも秘密がございます。

それは……家には内緒でVTuberとして配信活動をしていること！　ですわ!!

始めた理由は単に面白そうだったからと大したものではありませんが、続けるうちに次は何をしようかとか、動画の編集だったりと、今ではすっかりライフワークになっています。

しかし、こんなことが家の者に知られようものなら、「まあ京お嬢様ったら……おかわいいこと」だとか満面の笑みを浮かべられて小馬鹿にされるに決まってますわ！　わたくしもうあの生暖かい目には耐えられませんことよ！

わたくしのチャンネルが幾ばくかでも数字を持っているならまだしも、そんなことはありませんし。……今は確か登録者数十三人だったかしら？

動画の世界から一歩出たわたくしは、腐っても西園寺家跡取りです。それが本音かはさておいて、基本的に称賛され、皆からは興味と羨望を受けてきました。それが、西園寺というドレスを脱いだ私に興味を抱いてくれる人は世界でたった十三人。最近は女性VTuberも増えてきたとはいえ、正直なところを申しまして、がっかりしました。落胆しました。自分ってこんなものなのだ、と現実を知ったと言い換えてもいいかもしれません。

でも別にいいんですの。私がやりたいことをやっているということの方が重要です。卒業したらこんなことはできないわけですしね。

……ところがですわ!!

春学期が始まって少し経《た》った頃の教室で、わたくしは一つ席を空けて隣に座る男子学生を盗み見ました。

前の席に座っているにもかかわらず、一向に視線を上にあげる気配が無いこのお方。教授のお話なんぞ興味が無いとばかりにスマホから視線を逸《そ》らしません。

しかも定位置かのように毎回毎回同じ場所に座るのです。わたくしも席はいつも同じ場所に座っていたいと思う人間ですので、ここで先に場所を変えると何だか負けた気がしてそれも癪《しゃく》です。

多様な人間がいる場所ですから、そういう不真面目な学生がいることは知っています。嘆かわしいですが。でも、そういう方々って大体後ろの方に座ってひっそりするものではないですの？　前の席に堂々と座っておきながらそれをする豪胆さといいますか、無神経さに、最初はややムッとしていました。お名前なんて存じ上げませんし、わたくしは皮肉を込めて内心彼を「高等遊民」と呼んでいました。

そんな高等遊民が、隣で一心不乱にスマホを凝視し続けていますので、多少なりとも何をご覧になっているか興味が湧くのは当然の結果です。どんなに面白いものを見ているのでしょうと、やや高圧的にちらりと目線を高等遊民のスマホに移しました。

それがどうでしょう。なんと彼が見ていたのはわたくしの動画ではありませんか。

最初はね、もう困惑ですわ。頭の中が「？・？・？・？・」だらけです。「え、それ……え？・」みたいな。再生回数十数回程度の動画なのに、実際に見てる方が存在するなんて思いませんでした。あまりにも伸びないので、最近はYohtubeのＡＩがクリエイターに忖度《そんたく》して「ゼロは可哀《かわい》そうだしこのくらいは表示させといてやるか（笑）」と適当にカウントしてるのかと疑っていたくらいですわ。

もちろん最初は偶然かと思いました。たまたまオススメに出てきたものを興味本位で、という可能性です。まあそれでも十分嬉《うれ》しいですが。

果たして結果は違いました。毎週毎週あの時間に彼は私の動画を見ていたのです。わたくしは概《おおむ》ねいつも毎週日曜日の二十三時ごろに動画をアップロードするので、彼は前日にアップしたほやほやのものを見ていてくれることになります。

限界まで盗み見たところ、どうやらコメントやいいね等はしていない様子。

でもそんなものいいんです。身近に、こんな身近にわたくしの動画を心待ちにしてくれている方がいたことを知ることができたのですから。わたくしは何だか胸の中に言いようのない気持ちが沸き上がってくるのを感じていました。それは、恥ずかしさであったり、こそばゆいような嬉しさであったり、何故《なぜ》その動画を見ているのかという彼への興味であったり。総じて、「再生回数などどうでもいい」という建前の裏にあった「本当は見て欲しい」という本音をくすぐるものでした。

以降、月曜二限の授業では、わたくしの動画を見る彼を見るわたくしという些《いささ》か怪奇な状況が生まれたのは当然の結果と言えます。ああ、自分の動画を目の前で見られることの恥ずかしさや期待感といったら他に比類なき快感ですのね……。

そんなわけで、わたくしはわたくしのファン一号のためにも、より一層動画づくりに励んでいくと心新たに誓いました。ふふっ、名前も知らない殿方のためにここまで温かい気持ちになれるなんて。案外、恋ってこんな感情なのかもしれませんわね。

☆

土曜日。四条河原町にある、とある喫煙可能なカフェ。

「ねえねえですわちゃん、今夜皆で映画行くんだけど、ですわちゃんもどう？」

同回生のお友達である中川《なかがわ》さんが、アイスコーヒーをストローでかき混ぜながらそう聞いてきました。ちなみにですわちゃんはわたくしの渾名《あだな》です。この口調が珍しいからか、初対面の時からそう呼ばれています。なんだかかわいらしい響きで、存外嫌いじゃありませんことよ。ふふ、これもノブレスオブリージュってやつですわ！

「それは楽しそうですわね……」

今夜かぁ、と暫《しば》し思案に耽《ふけ》る。できれば動画の編集作業を終わらせてしまいたい。日曜日にきちんとアップロードしなければ、わたくしのファン一号である彼が悲しんでしまうだろう。できれば教室ではわたくしの動画を見る彼を見ていたいし。

「いえ、折角ですがやめておきますわ」

「ええ～残念……。やっぱ夜更かしは美容の大敵だから？」

ぶうと口をとがらせて残念がる中川さん。あ、こら。淑女がストローでぶくぶくするんじゃありません。

「それもありますが……。わたくしを待っていてくださる方がおりますので、ね」

流石《さすが》に仲良しの中川さんといえど、動画配信をしていることは言えていないのでちょっとぼかして伝えるにとどめました。

「え、そ、それってまさか……」

「ふふふっ」

さあ、この後も動画編集、頑張りますわよ～！

☆

二日後。

なんて思っていた時期がありました。

その日もわたくしは動画を前日の夜にアップロードし、私の動画を心待ちにしているファン一号の隣に腰を下ろしました。

授業が始まり彼がスマホを取り出したのを確認し、どんな表情で見ているのだろうなんて思いつつ、こっそり盗み見ると。

「……あ。ミスった、まだ立直《リーチ》じゃないわ」

「……？……？？……？？？」

ぼそりと聞こえた彼の呟《つぶや》き。

リーチ棒を出すエフェクト。

鳴かれて一発が消される様子。

彼は麻雀《マージャン》をしていました。

……な、なななななんでですのぉぉぉぉぉ!?

慌ててスマホを取り出し、今日の日付と時間を確認しましたが、間違いなく月曜日の午前十時四十五分です。というかそもそも彼と同じ授業がこの日のこの時間しかありません。

わたくしは自身に何かしらの見落としやミスが無いことを確認すると、内心これでもかと「？」を浮かべつつ、平静を取り繕った顔を前に向けました。

どうしたのでしょう一体何があったのかこれっぽっちも分かりませんわもしかして面白くなくなってしまったのかしら飽きられてしまったのかしらでも登録者の数は変化ないしでもでも最初から登録はしていなかったという説もあるしあぁもう意味分かんない！

……はっ、いけないついつい素が。

気を取り直すように再度隣の高等遊民を見ますが、相も変わらずわたくしの動画よりも麻雀に熱中しているご様子。私の動画を差し置いてする麻雀はさぞ楽しいのでしょうね！

恨めし気に視線を送るわたくしに気付く様子もなく、彼はそのまま麻雀をして授業を終えました。わたくしも今日に限っては教授のお話は微塵《みじん》も耳に入ってきませんでしたが、そんなものは些事《さじ》ですわ。我が西園寺財閥の総力をもって、あの高等遊民を特定し然《しか》るべき制裁を与えてやります！　まあ動画のことは伏せざるを得ないので、制裁といってもたかが知れますけど。多分せいぜいが彼のレポートだけ教授がよく見るようになるとかそんなものですわ。

……わたくしは授業が終わると爆速で教室を出て行く彼の背中を一瞥《いちべつ》する。

西園寺家の令嬢を弄んだらどうなるか、思い知るといいですわ!!

☆

「和《まどか》さ、あの底辺VTuberまだ見とんの？　よく飽きんなぁ」

「底辺言うな。あれ九十分の長尺動画ばっかだから授業中見るのにちょうどいいんだよ。たまに素が出るのがいい」

「さっきも見てきた？」

「いや昨日上がったのは何か知らんけど百二十分あったから、流石に家帰って見る」

「そんな長い雑談動画ばっかだから日の目を見ないんやろ……」

「よせ、それがいいんだそれが」

「分かった分かった。じゃ、パチンコ行こか」

「行かねえ」

☆

和が大学でも有数の権力者に目を付けられるというありふれた日常の中の、とある日の希《のぞみ》のバイト先にて。

彼女がいつものように暇を持て余し、店内をくまなく清掃し尽くした頃。

がらがらと店の引き戸が開けられ、男女十数人が入ってくる。

「店員さんすいません、今から十一人いけますー？」

「えっ、あ、はい！　いけます！　奥へどうぞ！」

突然の来客に一瞬フリーズした希が、すぐにはっと意識を取り戻し団体客を奥のテーブルに通した。大学生らしき団体は、「さっきのお兄さんに感謝感謝」「またいっぱい当てたいな」「ハッピースマイル」などと、わいわいしながら案内されたテーブルに向かう。

おしぼりを用意している間、厨房《ちゆうぼう》で目を丸くしている女将《おかみ》が希に声を掛けた。

「珍しいね今日。雨降ってるのにこんなにお客さん来るなんて」

「あ、あはは……そうですね」

店主がそんなこと言い出したら終わりでしょ、と内心呟き、でも確かにそうだと、かつてない来客に気を引き締める。この店は収容人数が多くない分食材にこだわっており、単価が大衆居酒屋よりは少し高めになっている。客層も大学生よりは社会人以上であることが多く、希も団体客、しかも大学生集団への対応は不慣れだった。

「お、やってるねえ。お姉さん、一人なんだけど入れるかいの?」

次いで、年配の男性がにこやかに入ってきた。

本当に今日は珍しい。先に女将が言っていたように、雨の日は客足が遠のくのが常だが、一体どうしたことだろうか。希は一瞬面くらいながらも、すぐに笑みを浮かべると元気よく返事をした。

「大丈夫です！　こちらへどうぞ！」

「この後友達も来るらしくての、数人増える予定なんじゃが」

「そうなんですね、ご注文はお揃《そろ》いになってからになさいますか？」

「いや、ビールとおすすめだけ貰《もら》っとこうか」

「生一おすすめ一ですね！　少々お待ちください！」

これは忙しくなりそうだと、それでも希は笑顔だった。

でも、どうして急にこんなお客さんが集まってきたのかはどうしても分からない。今までぽつぽつとは来客があったものの、こんなにどっと入ることはあり得なかった。

しかし、客が入るに越したことは無いしと、特に気にするでもなく希はホールに戻って行った。

☆

「まさかほんとに千円で当たるとは……」

「何言ってんですか。当てたの私ですよ？」

「俺だっておじいちゃんたちの目押ししたし」

「それはスロットだし先輩はお金使ってないじゃないですか。私は当たってる台を人にあげちゃったんですよ？　あーもったいなー」

「しょうがないだろ店の予約の時間来ちゃったんだから。きっとあのグループの兄ちゃんたちも喜んでるって」

「そりゃあ喜ぶでしょうよ……。まあ先輩の奢《おご》りなんて滅多にないので行きますけど」

「だろ？　金輪際ないから精々感謝しろよ」

「何ですかその言い草！」

希のバイト先の近くにあるパチンコ屋から出てきた男女がそう言い合いながら、西陣京極の飲み屋街へ入って行く。

しとしとと雨が降る夜の時間とは言えど、西陣京極には活気があった。四条という繁華街にある新京極とは違い、千本通の奥まった場所に位置するここは、西陣という土地柄、かつて職人が多く住んでいて、今でもその名残から昔ながらの店が多い。

男女の片割れ……和が時折訪れる居酒屋もここにあり、二人はそこに向かっていた。

「この辺存在は知ってたんですけど、一人で来るのなかなか勇気がいりますね……」

西陣京極が内包するディープでアングラな雰囲気に、和を先輩と呼んだ小柄で絶望的な胸の薄さをしている女は緊張交じりにそう呟いた。後輩のその様子に、和も自身が一番最初に訪れた時はおっかなびっくりしていたことを思い出し、苦笑交じりに同意を返す。

「……お、着いた着いた」

「着いたって……ここで合ってるんですか？　暖簾《のれん》出てないし、ぱっと見ただの民家ですよこれ」

居酒屋にあるまじき風体であるその店舗を見た女が疑問を溢《こぼ》した。

確かに、その店は一見ただの京町屋にしか見えない。店舗経営として店と住居が一体になっている形態はあちこちで見かけるものの、これでは住居にしか見えなかった。

「表札見ろ表札。営業中って書いてあんだろ」

「えっ……ほんとだ書いてある。……ただの表札かと思った」

和の言葉通り、表札には「料理Sunday　営業中」とある。

女がその店の独特過ぎる営業形態に戦慄している横で、和は勝手知ったる様子で町屋の引き戸を開け、中に入っていく。女は慌てて後を追った。

「ちょ、置いてかないでくださいよ」

「置いてくって距離でもないだろ……」

内装は京町屋の中でもこの辺りに多いであろう織屋建《おりやだて》となっており、玄関から通り庭を通り、機場《はたば》という広めに作られた土間に行きつく。機場とは織り機を入れる吹き抜けの空間であり、ここがかつて西陣織を織っていた伝統ある家屋であったと示している。居酒屋としての改装が行われて尚《なお》、土間のままになっていて、靴を脱ぐことなく席に着くことができる仕様になっていた。

広いと言っても民家としてであり、十畳ほどのホールには五席ほどしかない。

二人は今、満席状態であるホールを見て顔を見合わせていた。

「先輩先輩、私、凄《すご》く嫌な予感がしてきました」

「奇遇だな、俺もだ」

とそこに、仲居らしき中年の男性が二人、ひいては和に気付き、親しげな様子で話し掛けてくる。店側に顔を覚えられる程度には通っているらしい。

「あ、平野《ひらの》君いらっしゃい。あー、ごめんよ。今満席でさ……」

「あ、いえあの、予約してたと思ったんですけど……」

「えっ、嘘《うそ》ほんとに？　ちょっと待っててね」

そう言って奥に引っ込んでいく仲居の男性。

残された二人は再び顔を見合わせるが、和は申し訳なさそうな表情を浮かべていた。

「やっぱりな。絶対予約取れてないわ。ほんとすまん」

「えっ珍し！　先輩が素直に謝るなんて……」

「俺のことなんだと思ってんだよ。悪いと思ったら謝るわ」

「じゃあ今までは悪いと思ってなかったってことですか？」

「うん」

「うん、って!!」

女は和を肘で小突きながらも、さして怒った様子はなく、次の後には気前よく、気にしていないから別の店で飲みなおそうと告げるつもりで――

「そこのお二方」

「え？　俺ら？」

「ええそうですわ。何やら聞いていれば、お席が無いご様子。しかも予約をされていらしたのに」

一番近くの席に一人で座っていた若い女性の声に遮られる。

長めの黒髪は烏《からす》の濡《ぬ》れ羽色に艶やかで、相貌は一見しただけでたじろいでしまいかねないほど整っている。胸こそ小さいがともすれば高貴な人なのではと気圧《けお》されつつ、それにしても妙な言葉遣いだと、二の句を奪われた後輩の女はぽけっと思った。

対して和は、なんだか気難しい顔をしながらも、ですわ口調の女とのやり取りを続けていた。

「わたくしそろそろお暇《いとま》するつもりでしたので、宜《よろ》しければこちらの席にお座りくださいな」

「え、いや申し訳ないっすよ。俺ら他の店行くんで、お姉さんはそのままで大丈夫っす」

「いくらあなたが高等遊……いえ、これもノブレスオブリージュですわ」

「いやほんと大丈夫なんで。そもそもあんた、コースの途中じゃないっすか」

懐石料理を注文していた女の、五品目である八寸を指さして和が言う。

この店は居酒屋としてのメニューもありながら、事前に予約をすれば懐石料理も提供するという間口の広さが売りの一つであり、その味は確かなものとして評判であった。その分そこそこ値段も張り、和が偶《たま》にしか訪れないのにはそういう訳があった。ちなみにその偶にとは、近くのパチンコ屋で勝った時である。

「あら。バレてしまいましたか」

「俺ら全然ワクドナルドとか行くんで大丈夫ですよ。な？　お前もワック食べたいよな？

食べたいと言え」

「うぇ？　あ、は、はい食べたいです……」

「よし、じゃあ行こうな」

言わされるがままにそう返す相方の背中を押しつつ、和《まどか》はくるりと踵《きびす》を返していた。そして、そのお嬢様然とした女性へ向き直る。

「ここ、コースもいいけど居酒屋メニューも美味《うま》いですよ。ハツとか超オススメです」

好意を無下にしてしまう結果となった申し訳なさからそう伝えると、最後にありがとうございましたと言い残し、足早に和たちは店を後にした。あまり突っ立っていても、他の客にも申し訳がない。

「平野君お待たせ！　やっぱり予約取れてなかったんだけど、女将が特別にって――」

「ああ、ふふ。先ほどのお二人なら、今回は出直すことにすると仰《おっしゃ》っておりましたわ。とても申し訳なさそうにしておりましたし、ご容赦くださいな」

「と、とんでもない！　貴女様《あなたさま》がそうおっしゃられなくとも我々は……！」

「あらそうですか。ではよしなに」

一方店を出た和たちは、先ほどの言葉通り千本通を引き返しワクドナルドに向かっていた。

「もー！　折角譲ってくれるって言ったんだから大人しくそうしとけばよかったのにー！」

「そんなことできるわけないだろ。あの人はまだ料理の途中だったんだって。ワックの何が不満なんだよ」

「別にワックに不満はないですけどー……。初めて飲みに誘われたんだからそりゃあショックですよ……」

「なにぶつぶつ言ってんだよ……」

先ほどから肘でガンガン小突かれ続ける和はため息を一つ零《こぼ》し、

「にしてもあの声、どっかで聞いたことあると思うんだよなぁ……」

誰にも聞こえない声でそう漏らした。

「先輩！　もう今日は先輩の奢りで豪遊しますからね！　ビックワックセットにチキンナゲット十五ピースにフルーリーも頼んじゃいますから！」

「はいはい分かったよ」

「何ですかその返事！　ハイは一回！」

「はーい！」

いつもの二人のやり取りが、西陣千本商店街にこだましていた。

MADOKA HIRANO

名前
平野　和

職業
大学生

身長
175cm

好きなもの
たばこ、パチンコ、麻雀

吸っているたばこ
ピース・ライト・ボックス

NOZOMI NANAHOSHI

名前
七星　希

職業
大学生

身長
158cm

好きなもの
たばこ、酒

吸っているたばこ
セブンスター

第二章　ろくでなし限界大学生と貧乳後輩

夏休みになった。

あれから七星《ななほし》とは普通に仲良くしているが、残念なことに男女のそういうあれはまだない。おかしい。そろそろ襲ってくれてもいいのではないか。元の世界で俺が七星の立場だったらとっくにそうしているのに。もしやこの世界では逆転した女はあまりそういう、ガツガツしていないのか……？　でもネットとか見てると風俗とかママ活とかは普通にあったしな……。

ともあれ七星とはそんな感じである。

とは、とか意味深に言ったが七星のほかに今現在いい感じの雰囲気の子はいない。……なんで？　もっとこう、あるやろ！　逆ナンとか逆ナンとか逆ナンとか！　このままだと逆説的に俺がモテないという証明がなされそうだ。男女逆転してもモテない主人公とか主人公にあるまじきだろ。

そんなわけで単位も全然取れなかったしむしゃくしゃした俺は、バイト代も入ったため、近所のパチンコ屋に向かうことにした。何だかいつもより採点厳しかったような気がしないでもないが、じゃあどこに出しても恥ずかしくないレポートを書いたのかと言われたらそうではないので、甘んじて受け入れるしかなかった。去年はあのくらいでも単位くれたんだけどな……。

クソ暑い中、サイクロン号Ⅱと命名したバイクを走らせる。家からパチンコ屋まではほど近いものの、真夏の太陽が照りつける中でひいこら言いながら自転車を漕《こ》ぐだなんて常人のすることじゃない。行きは良くても帰りがきついのだ。ほんと京都って坂ばっかでクソ。あとバス時間通りに来ねえし大体満員だし。京都のバス会社はさっさと増便して、どうぞ。

なんて京都をこき下ろしていれば、あっという間に最寄りのパチンコ屋ことクラウン千本店に到着。涼しさと騒々しさが同居する店内は、平日の午後にもかかわらずそこそこ人がいて、世界が変わっても人間のクソさは変わらないんだなあと感慨深い。なんて、刺さったブーメランを抜きつつ思った。

この世界でパチ屋に来て困ることは、前は店員は綺麗《きれい》な女の人が多かったのに、そうではなくなったことと、男女逆転に伴い知ってるアニメがちょっと変わったことくらいだ。要するにあまり困ってない。

先週はいつもの男麻雀《マージャン》会《かい》で役満上がれたし、今日は出る気がする。

そう確信の元、四パチの目当ての機種に腰を下ろすと、俺は軍資金を投入し、ハンドルを握るのだった。いっけーエヴァンゲ○オーン。

☆

案の定負けましたね。

軍資金をほぼすべて使い果たし、本当に困ったときに使うんだよと実家から送られてきている生活費に手を付けようと伸びた手を何とかひっこめることに成功した俺は、一度運気をリセットさせようと喫煙所に逃げ込んだ。喫煙所でヤニと一緒に悪い運気を吐き出すことで、運気がリセットされるのだ。ちなみにリセットの目安として、四十六枚貸しスロットなら五千円入れても当たらなかった場合、ミドルパチンコなら二万円入れて当たらなかった場合はリセットの対象としている（俺調べ）。

「あー……金保留からの単発終了は無い。ほんと無い……」

はあ、と深く息を吐きだす。何がいけなかったんだろう。俺が十四歳のチルドレンじゃないからかな……？　でも十四歳はパチンコ屋入れないしな……。

もう今日はだめだ。軍資金も尽きたし、帰ってジムでも行こう。ジムの逆転した男女比ときわどい格好の女の人に癒されてこよう。

しかし、やはり手っ取り早く金を稼ぐにはママ活とかに手を染めるのが最短ルートなのか……？　万年金欠ヤニパチスロカス麻雀限界大学生とか言うこの世の終わりみたいな肩書を持つ俺なら、今更そこにママ活男子とか言う称号が重なってもいいような気がしてきた。

あー思考が終わりすぎてる。いかんいかん。もしそんなことをしようものなら、金銭感覚が崩壊し、労働を見下すようになったまま中年を迎えて体で稼げなくなっても金銭感覚のずれは直らなくて病み投稿とかして今度はママ活時代を性的に搾取されてたとか言って炎上するんだそうに決まってる。

ヤニと悪い運気が掃き溜《だま》っている喫煙所で一人鬱になっていると、ふと電話がかかってきた。ラ〇ンの呼び出し画面を見る。

「……」

しかしバイト先の後輩とかいう全然知らない相手だったので無視した。だっていやな予感しかしない。主にシフト変わってくれとか。この平野和《ひらの》、わたしは常に「心の平穏」を願って生きている人間なのだよ。激しい「喜び」も深い「絶望」もない、「植物の心」のような人生をね……（ギャンブル依存症）。

そんな訳で俺は何も見なかったことにし、パチ屋を後にした。

ガラス戸の自動ドアをくぐり、サイクロン号Ⅱのもとへ向かう。

「あ、やっぱいた。せーんぱい」

……。

腹が減ったな。ラーメンでも食べて帰るか。あ、でも俺お金ないんだった。

「先輩？　聞こえてますよね？　返事してください」

どうしようか。家にも何もないぞ。スーパー寄ってくか？　でもバイクじゃ荷物が入らんからなあ。

「ふーん、そういうことするんだ。……ちなみに私、今日勝ったのでラーメンくらいなら奢《おご》ってもいいと――」

「えー新田《にった》じゃん何でこんなとこに!?　すごい偶然だなあ！」

「こいつ……」

俺の圧倒的掌《てのひらがえ》返しに、バイト先の後輩であるこの女、新田莉生《りお》は、そう半眼で睨《にら》みつけるのだった。

少しマットが入った亜麻色の髪をセミロングに流し、大きな瞳が特徴的で小柄な女。オーバーサイズのシャツとジーンズは、本人の快活な印象に引っ張られてか不思議と涼し気に見える。そして異性の友人も多くテニサーに所属しており酒に強く、つまりはギャルだ。あと胸が小さい。絶望的に小さい。完全に対象外だ。

そのためか俺の彼女への扱いも最初からぞんざいで、向こうも向こうで結構ガンガン言ってくる性格ということもあり、基本的に顔を合わせればぎゃーすか言い合っている気がする。だから嫌われているかと思いきや、これがたまに飯を食べに行ったりするくらいの仲だ。陽キャは分からんね。

ちなみに彼女はパチンカスでありヤニカスであるのだが、そのことをバイト先の人間にはひた隠しにしている。俺はその気になればこのネタでいつでも強請《ゆす》れるというわけだ。いやしないが……してるわ結構。実際に吹聴《ふいちょう》はしてないのでセーフ。

「まあまあ。ほら、乗れよ」

なおもこちらを威嚇し続ける新田に、ヘルメットを投げ渡す。

ヘルメットが二つある理由？　そんなのいつでも女の子を乗せられるため以外にないが？　まあこいつ以外乗せたことないけど。誠に遺憾で残念。そしてバキバキに童貞でもある。

「っと。……ありがとうございます」

「おー。じゃ、いつものとこでいいか？」

そう問いかけつつも、なんだかんだその店になることは分かっているので、俺はバイクのエンジンをかけ、アクセルを回した。

「えーたまには新しいとこ連れてってくださいよー」

「あーあー聞こえん聞こえん」

「……まあ、先輩といれるならどこでもいいんですけど」

「あー!?　なんて？　風で聞こえないわ！」

「何も言ってないですぅ！」

☆

俺が、というか俺たちがよく行くラーメン屋は、北野天満宮の横にある。路地の奥に位置しているため、ぱっと見では分かりにくい。今出川通を御前通辺りで北上し、上七軒をしっちゃかめっちゃかに歩き回るといつの間にか着いているような奥まったところだ。俺は道順を覚えるのに大分時間がかかった。

店の名前は「へんくつラーメン」。文字通り偏屈な夫婦が営んでいるラーメン屋だ。昼と夜交代で店に出てきており、昼担当のおばちゃんがどのくらい偏屈かと言うと、店が混みだすとキレて客を追い出したりするくらいには偏屈だ。普通にヤバい。補足すると、店は激狭なので割とすぐキレる。普通にヤバい。夜営業の時に出てくるじいちゃんは優しいのになあ……。

なのにどうして俺がここに通っているのかと言えば、単純に安くて美味《うま》いからだ。味もしっかり重めの豚骨と、いかにもラーメンを食っているという味で、学生の味方過ぎる。前に美味《おい》しさの秘訣《ひけつ》を聞いたところ、猫で出汁《だし》を取っていると言われたことがある。聞いた後に俺は吐いた。猫って出汁出るんだ……。

ちなみにこの話を新田にしたら店を出た後で全部吐いた。まあその後行っても普通に食ってるけど。ギャルの豪胆さには目を見張るものがある。

サイクロン号Ⅱ……ああもうめんどくさいな、とにかくバイクを店の前に停《と》めると、ヘルメットを脱いだ新田の顔には、うへえと辟易《へきえき》した表情がくっついていた。

「またここですか……知ってたけど」

「いいじゃん安いし美味いんだから。お前だって高いランチ奢りたくないだろ」

「そうですけどー……私この店のせいで、猫見るたびにかわいいより先に出汁のこと考えるようになっちゃったんですけど」

「それは草」

「先輩のせいですけど!?」

俺じゃなくておばちゃんだろとぎゃーすか言いながら入店する。幸い店内は空《す》いており、偏屈ばあさんにキレられることは無く注文できた。ちなみにメニューは「ラーメン」しかない。偏屈すぎる。そのためこちらが何も言わなくても、人数分のラーメンが提供される。

もちろんセルフのお冷を二人分注ぎ、片方を新田に差し出しながら訊《たず》ねた。

「そんで？　いくら勝った？」

「ふふふ、聞いて驚かないでくださいよ。三千入れの八万勝ちです！」

「おおまじか万発出たんだ。じゃあしばらく奢ってもらえるな」

「は？　何言ってんですか今日だけですよ」

「は？　パチンコ打つしヤニも吸うことバイト先でばらすぞ」

「それは反則じゃないですか……！」

うがーと新田が机に突っ伏した。

まあ冗談だけど、と続ける。こいつとは逆転する前からこんな感じだったので、世界が変わっても変わらないやり取りができるという点で俺は好ましく思っていた。なんだかんだかわいい後輩である。

「あそこのパチ屋がうちの近所なのが運の尽きだったな」

新田がパチンコバレしたときの話である。特別深い事情があるわけではなく、普通に俺がパチンコ屋の喫煙所に行ったら出くわしたというだけの話だ。確かその時も大勝ちして何か奢ってもらった気がする。やだ、俺ったら後輩に奢られすぎ……？

「う、うちのバイト先でパチンコ打つ人がいるなんて思わないじゃないですか」

「そうか？　塾長はやったことあるって聞いたけど」

「それは先輩と話合わせたくて嘘《うそ》ついただけですよ」

「ええ……」

そんな俺らのバイト先はというと、塾長の言葉からも察せられる通り個別指導の学習塾だ。古都と言われるこの都市は、学生の街の別名もある通りに大学生がまあ多い。そしてこれは俺の所感だが、塾講師をやっている大学生はまともな人が多いように思う。ここで言うまともな人とは、たばこやギャンブルを嗜《たしな》んでおらず、単位もしっかり取っている人のことを言う。……俺？　ははっ。

バイト終わりに最寄りのコンビニでたばこを吸う俺に刺さる同僚の視線とか超痛いしな。たまに生徒にも会う。そして目を逸《そ》らされる。なんでだ。

とまあ、俺が元の世界基準で女子大生に媚《こ》びるおっさんの図を成す塾長、という事実を知ってしまったところで、ラーメンが運ばれてくる。黙って置いて行くあたりおばちゃんマジ偏屈。

「あ、お箸取ってくださいお箸」

「はいはい」

思うに、こいつが誰からも好かれているのは、この生意気さが絶妙な感じだからだと思う。妙に憎めないんだよな、典型的後輩というか。まあ胸小さいけど。妹がいたらこんな感じなのではと思わせる何かがある。そんなことキモいので言わないが。

ともあれ、まずはラーメンである。

二人そろってぱきっと割り箸を割る。

「「いただきまーす」」

その後しばらくは店に麺をすする音のみが響いた。

☆

ラーメンを食べ終えた俺たちの姿は、店の前にある喫煙所にあった。喫煙所と言ってもボロボロの灰皿がぽつねんと置いてあるだけだが。

店内を出るとむわっとした熱気に包まれるようで、思わずこんなところに居られるかと死亡フラグが立ちそうなセリフを吐きたくなるが、それをへし折ってでも尚《なお》、俺たち喫煙者にはすべきことがあった。

「はあー、ラーメンの後に吸うたばこが一番うまい……」

「ですねー……」

こってりしたもの食べた後に吸うたばこってなんでこんなにうまいんだろう。教えてエロい人。

「いつも思うけどお前渋いの好きだよな」

「む、しんせい馬鹿にしてます？」

「いやしてないけど。むしろちょっとすごいとすら思ってる」

「へ？　なんでです」

「だってそれクッソ重いし。タール二十二ミリだったよな？」

二十二ミリグラムのたばことか常飲できる気がしない。俺もピースを愛飲するものとして、当然金ピース、ショートピースは買ったことがあるが、流石《さすが》に二十八ミリはきつかった。しんせいはショッピよりは軽いとはいえ、やはり俺には十ミリ前後のタール数がちょうどいい。

「あー、いや。何年か前に改良された時、タールとニコチンの量も減って、これは十五ミリです」

「あれ、そうなんだ」

「……なんでよりによって先輩が知らないんですか」

「いやそんなこと言われても」

まるで裏切られたとでも言わんばかりにジト目を向けてくるが、自分のお気に入りのたばこ以外のニュースなんて普通把握してないだろ。なんなら俺も「The Peace」とかいう平型缶に入ってる超イカしてるピースの存在を知ったのこの間だし。しんせい側の事情なんて知る由もない。

「あー、でも前は両切りだったよなそれ？　それは知ってる」

両切りたばことは、刻んだたばこの葉を紙で巻き、両端を揃《そろ》えて切断したもので、吸い口やフィルターがついていないたばこのことだ。個人的に、両切りたばこを吸う前に、葉っぱを片方に寄せるためトントンする仕草はかっこいいと思っている。

　世界が変わる前に、知らないおっちゃんに両切りのしんせいを貰《もら》ったことがあったので知っていた。なんでそんなことになったのかは最早《もはや》覚えていない。

「むー……誰のせいで私は――はあ、まあいいです。どうせ先輩の頭のキャパはフロッピーですから」

「誰が脳の容量七百二十キロバイトだ」

「生徒の顔と名前なかなか覚えないじゃないですか」

「ぐっ……」

　事実なので何も言い返せなかった。だってうちの塾、生徒固定じゃなくて毎回変わるんだもん！　覚えれるわけないよ！　あのシステム生徒と講師どっちのためにもならないから一刻も早くやめた方がいいと思う。

　燃焼してきた灰を落とすためにたばこを軽く指で弾《はじ》く。いくら日陰とは言え、流石にそろそろ暑さが応えてきた。ジトッとした汗が頬を伝うのが分かる。

「あっついなマジで。これ吸い終わったら戻るか」

「えー、いやでーす」

「いやでーすってなんだよ。言っておくが、俺はお前を置いてでも帰るからな」

「それがラーメン奢《おご》ってもらった人の態度ですか!?　そうじゃなくて、どっか涼しいとこ行きましょうよ」

新田《にった》がたばこでバイクを指して言う。涼しいところ……パチンコ屋かな？

まあ冗談は置いておいて、バイクでってことは、野外で涼しい場所、川辺とかのことだろう。京都で川と言ったら鴨川《かもがわ》だが、鴨川デルタの辺りは陽の気が満ち満ちていてむしろ暑苦しいので除外として、そのさらに上の鴨川公園運動場なんかは良いのではないだろうか。産業大の近くとは言え、あそこの公園は基本的にファミリーか野球少年しか出没しないので、暑苦しくなく遠すぎないという意味で丁度いい。軽く水遊びなんかもできるしな。納涼床どころか、水にダイレクトエントリーだ。軽く足を浸しているだけでも十分涼を取ることができるだろう。

「へえ、そんなとこあるんですね。まあ私よく知らないのでおまかせで！」

「いや行くなんて言ってないけど」

暑いから涼しいところに行くというロジックがあまりに納得過ぎて、ごく自然に脳内ルート検索してしまっていたが、俺は別に新田と行くとは一言も言っていない。俺にメリットないし。まあデメリットもないので行くんですけどね。

「まあ行くけどさ」

「またまた、どうせ先輩は行ってくれるんですから早くしましょ」

「ほらー」

新田はこの暑さとは裏腹に軽い足取りでバイクに向かうと、一人さっさと後部座席に跨《またが》り、そうせっついてくる。スポーツバイクの後ろの席は運転席よりも高い位置にあり、運転手が跨ってからではないとバランスを崩す恐れがあって危ないのだが、新田は小さいし軽いので問題なさそうだった。どこが小さいし軽いとは言わないが。

俺は最後に一口吸ってから、灰皿にたばこを放り投げる。じゅ、という火が消える音を背中で聞き、新田にヘルメットを手渡しながら口を開いた。

「俺が乗るのに邪魔だから一旦降りて」

「……」

ちょっと恥ずかしそうにしながら新田が降りてくる。俺もこの世界には慣れたもので、「女が男の後ろに乗るのはどうよ」とか冗談の一つでも言ってやろうと思っていたが、その様子にあえて何も言わず、バイクに跨りキーを回した。

後輪のサスペンションがしなったのを感じたので、俺はイグニッションボタンを押し、エンジンをかけた。このバイクは高校時代からの相棒で、純正ながらいい音を奏でるので気に入っている。見た目もかっこいいし。入手の背景は全然かっこよくないけど。

「じゃあ行くぞ」

「しゅっぱつしんこー茄子《なす》のおしんこー！」

「……」

「な、なんか言ってくださいよ珍しくボケたんだから」

「……いや、風で聞こえなかったことにしとくわ」

「うえーんまだバイク動いてないじゃないですかあ！」

そして、ホンダの並列二気筒エンジンの音のみが後に残される。

エンジン音の残響が消え去った頃、見覚えのある影が死角からひょっこりと姿を現した。

「今の、平野《ひらの》君……？」

半ば確信めいた希《のぞみ》の呟《つぶや》きが、ぼそりと静寂を奪った。

☆

堀川通を北上し、鞍馬《くらま》街道沿いに賀茂川をさらに北上すれば、柊野《ひらぎの》を越えたその先に鴨川公園運動場はある。御薗橋を過ぎたら信号待ちの際の蒸し焼き状態からは概《おおむ》ね解放され、川辺いっぱいに映える並木の木陰の中を、俺たちはバイクで走り抜けた。

「あ〜……ヘルメット暑ぅ……」

「後ろ乗ってただけの奴《やつ》が文句言うな」

とは言え、暑いものは暑かった。新田の気持ちも十分に分かる。ヘルメットって蒸れるもんな。髪もぺしゃんこになるし。

俺たちは駐車場にバイクを停《と》めると投げ捨てるようにヘルメットを置き、早速川辺へ歩きだした。

この辺りに来ると、もう市内の喧騒《けんそう》とは無縁である。鴨川デルタから望むぼんやりとした山影の袂《たもと》でもあり、土砂降りの蟬時雨《せみしぐれ》と川のせせらぎは、京都という町に居ながらも田舎の原風景を思い起こさせるようだ。

「運動場の方はそこそこ人いるな」

先ほどから、まだ声変わりしていない黄色い声が聞こえてきていた。きっと野球少年が白球を追いかけて汗を流しているのだろう。

「少女野球の子たちですよ。駐車場にも車停まってましたし」

ああ、そうだ野球少年なんて単語はこの世界には無いんだった。暑くて失念してた。

「こんな暑い中よくやるよ」

「避暑に来てる私らとは全然違いますね……」

舗装路から逸れて、ヨシやショウブが生え散らかっている川辺へ出た。柳が枝垂《しだ》れていて木陰をつくっており、もう景色から涼しさを感じさせる。

この辺りは対岸まで浅瀬が続いている。流れは穏やかだし、対岸までは十メートル程と、歩いて向こう岸に行くこともできる。まあそんなガキみたいなことするわけないけど。

「わ〜！　冷たくて気持ちいいーっ！」

「……」

いたわ。そういうことする奴。

新田はいつの間にか靴下まで脱いでいて、ぶかぶかのジーンズを膝までたくって川に入っていた。ぱしゃぱしゃと足で川面《かわも》にさざ波を立てて遊んでいる。

ほんとにしょうがねえ奴だな。もう大学生なんだから、いい加減大人になれっての。

俺は新田のそんな様子を見てため息を一つ零《こぼ》すと、瞬く間に靴と靴下をパージしてざぶざぶ川にダイレクトエントリーをかました。

「うおー冷てえ！」

どの口がという意見が聞こえてきそうだが、だって俺まだ大人じゃないもん。大学生だもん。モラトリアム消化中はまだ大人でありたくない。

今日に限っては短パンを履いてきていたので、心置きなくざぶざぶいける。新田に水の一つでもかけてやろうかと思ったが、胸板が絶壁の奴に水をかけても仕方ないかと思い留《とど》まった。でも、それはそれとしてぱしゃっと控えめに水を飛ばす。俺のテンションは存外に高かった。

「お、先輩も来ましたね。てっきり小馬鹿にしてくるものかと思いましたよ」

「川とか海を前にすると誰しも童心に返るんだよ。そんなことより水切りやろうぜ水切り！」

「いいですね！　やりましょうとも！　言っときますけど、私水切り超得意ですからね」

新田は言うが早いかいい感じの平たい石を探しながらそう自慢げに語る。

俺には分かった。あの水切りに適した石を探す目……なかなかの実力者だ。だが俺とて先輩の意地に懸けて負けるわけにはいかない。精一杯胸を張って言い返す。

「ふん、俺だって地元じゃ『水切りの平野』と呼ばれてたことがあったらいいのにな～」

「ただの願望じゃないですか」

新田の心ないツッコミは努めて聞こえないふりをして、俺は相棒となる石を見つけた。君に決めたっ。こいつとなら負ける気がしないぜ。

石をモン○ターボールよろしく握り、にやりと新田を見れば、彼女も相棒を握り締めて不敵に笑いかけてきた。目と目が合ったら何とやらだな。

どうやら互いに準備は万端のようだ。俺たちは危険のないように互いに横一列に並ぶ。

「水切り開始《デュエル》の宣言をしろ新田ぁ!!」

「私対戦相手なんですけど。まあ、先攻は貰います……ッと!!」

新田の鋭いフォームから放たれた石は、水面と平行に投げ出された。流石はテニスサークルに入っているだけあって、腕のしなり方が上級者のそれだ。俺は思わず息をのんで石の行く末を見つめ――

カツン、と、乾いた物がぶつかる音が聞こえた。新田が放った石が水面と平行に、そう平行に飛行し、そのまま対岸の石川原に飲み込まれた音だった。

　隣を見やる。

「新田」

「……」

「さっき、水切り超得意だって」

「………………新田ちゃんジョークですよ今のは!!　ええ、準備運動も終わったことだし、次は本気で行きましょうかね、本気で！」

　腕を回しながらそんなことを宣《のたま》う。ジョークなのか準備運動なのかどっちだよ。

「まあいいけどさ、もし負けたらそこの自動販売機でジュース奢れよ」

「ふっ、吐いた言葉は飲み込めませんよ？」

　なんでこいつこんな余裕なんだ。俄然《がぜん》負ける気しないぞ。

　俺は少しばかり肩を伸ばしリラックスさせると、一転力を込めて弓なりに腕を振るい、サブマリン投法よろしく石を投げだした。小学生の頃に草野球をしていた俺からすれば、対岸まで十メートルなんて短すぎて足りないくらいだ。

　どぽん。

　一跳ねすることもなく川の流れに消えた石が奏でた音だった。

「……先輩」

「……」

「……さっき、『水切りの平野』って」

「れ、練習はこのくらいにして本番行こうか！」

結局、新田《にった》が二跳ね、俺が三跳ねしてジュースを奢《おご》ってもらった。底辺争い過ぎる。

勝利の美酒だというのに、なんだか味が薄い気がしてならなかった。

☆

大学近くのとある居酒屋。

そこにあるテーブル席の一角にて。もちろん喫煙席である。

「もー元気だしなって、別にフラれた訳でもないんだからさ」

「話を聞く分には、むしろ割といい感じでムカつく」

「それな！」

「あんたら……！」

大学生らしく騒がしいその集団の中には、七星《ななほし》希の姿があった。

「希の平野君厄介オタク振りには辟易《へきえき》してたけどさ、春学期の間は何回か二人で飲みに行って、授業も一緒に受けてたんでしょ？」

「勝ち確なのにそんなに落ち込む意味が分からない」

「そーそー、というか早くヤれよ！　最初に飲み行った後いけただろ！　なんだよまだキスもしてないって！　プラトニックか！　プラトニックラブか！　少年漫画みたいな恋愛してんじゃねーよ!!」

「麻衣《まい》うるさい」

隣の友人にそう言われ、麻衣と呼ばれた女はしゅんと押し黙った。

そんな彼女に辛辣なツッコミをした長い黒髪の女は、こほんと一つ咳払《せきばら》いをすると、対面の希に向き直った。

「それで、平野君厄介オタクヤニカスストーカー希が言いたいのはこういうこと？　今日の昼過ぎごろに女をバイクに乗せた平野君がラーメン屋から出てくるのを見た、もしかして彼女ではなかろうか、と」

「その不名誉かつ事実と異なる称号はさておいて、そういうことですね……」

「ちなみにどうしてその現場に居合わせたって？」

「だってそこ平野君がよく行くお店だから。居るかなって」

「……今の聞きましたか聖楽《せいら》さん？　居るかな、ですってよ？」

「聞いた。さっきの称号のどこに事実と異なる点があったのか、小一時間問い詰めたい」

麻衣こと千田《せんだ》麻衣と、彼女に聖楽さんと呼ばれた女性、赤澤《あかざわ》聖楽。

麻衣はいかにも大学生という感じの溌剌《はつらつ》とした性格で、ウルフカットにブラウンのインナーカラーを入れている。一方聖楽は、落ち着いた文学少女のような雰囲気で、丸メガネを着用し、綺麗《きれい》な黒髪をロングに伸ばしている。両者に共通することは胸が大きいということくらいである。性格的にばらばらな三人が知り合ったきっかけは語学のクラスであるが、全員喫煙者という点で親しくなった。ただコミュニケーションである（？）。

二人とも希の友人で、よくこの店で飲んでいる。ここ最近の希の話は大抵和《まど》絡みなので、本日の初手で助けてドラえもんとばかりに泣きついてきた彼女の態度から察していた。あ、今日は長くなるな、と。そしてこの後は近くのカラオケでオールのコースだな、と。

一般的な女子大学生の性質として金欠が挙げられるし、当然のことながらこの三人はもれなく当てはまっているので、できればここであまりお金を使いたくない。

今日はキャベツ盛りをつまみに飲むことに決めつつ、めんどくさい友人の話に耳を傾けてやることにする二人だった。

「もお本当むり、リスカしよ……」

「七星のその格好でリスカしよはウケる」

「某ビル横界隈《かいわい》でサブカルクソ男食い散らかしてそうなファッションなのに中身が一致してない」

「あーうるさいうるさい」

テーブルに突っ伏していた希が気だるげにむくりと起き上がり、セブンスターに火を点《つ》けだす。ヤニカスの習性として、友人がたばこを吸い出したら何となく自分のたばこにも火を点けてしまうことが挙げられる。連鎖反応的に麻衣と聖楽も、それぞれメビウスライト、赤ラークを吸い始めた。

「まあ平野《ひらの》君モテるだろうし、そういうこともあるって」

「積極的にいかない希《のぞみ》も悪い」

「うー……」

ビールとキャベツ盛りをぱくつきながら、正論を吐かれる。これが男相手だったら二人も取《と》り敢《あ》えずべたべたに共感して持ち上げているところだったが、気の置けない友人に対してはバッサリである。

「にしても男でバイク乗ってるの珍しいなー。その手の界隈じゃ相当ちやほやされそう」

「めっちゃかっこよかった！　めっちゃ！……あー！　何で後ろに乗ってるの私じゃないんだ!!」

「それでいいのか、女として……」

モータースポーツは未《いま》だ女の世界というイメージが強く、男性の競技人口も少ない。バイク男子という言葉があるように、その手の界隈では男というだけで珍しがられるに違いない。もっとも、和の周りに女のバイク乗りがいればの話だが。

「平野君って女殺しすぎない？　たばこにバイクとか男不足の界隈ばっかに手を出してて
さー……」

「あとギャンブルもなあ」

「読書好きなのもそうかしら」

和側からしたらそれらは元々男の趣味だと言いたくなるが、この場にはいないので、必
然、女の趣味世界にやってきた貴重な男というレッテルが貼られてしまう。

「え、平野君ギャンブルもするの？」

「えっ、あ、うん……パチ屋でたまに会うし……」

「読書は？」

「好きだって言ってた」

「私の知らないところで友達が推しと仲良くなってる!?」

がたっと席を立ち、驚愕《きょうがく》の表情を浮かべる希。確かにこの友人たちには和の情報を仕入
れるうえで協力をしてもらったことはあるが、直接知り合いだったなんて聞いていない。

希の驚きはもっともだった。

「希のラノベのタイトルみたいなツッコミはさておいて」

「置いておけるか！　こ、これは裏切りだよ!?　友情崩壊の足音が聞こえてきそうだよ！

何で黙ってたの!?」

希の余りの剣幕にも動じない聖楽とは対照的に、麻衣は頬を掻《か》きながら取り敢えず座ったらと促した。渋々と言った様子で着席する希。

麻衣はたばこを深く吸い、ふうと一息で煙を吐き出すと、歯切れ悪そうに口を開く。

「あたしは別に隠してたとかじゃなくてさ、ほら、パチンコとかってあんまいいイメージ無いじゃん？　だから勝手にネガキャンするのもなーって思ってて。今のはほんの偶然というか……。知り合ったのも最近だし、希から取ろうって気はほんと無い」

それに、本当に知り合い程度で仲がいいわけではないと締めた。その証拠にと、ラ◯ンの友達一覧を見せる。そこに和の名前は無かった。

希はむうと膨れながらも一応の納得は見せ、麻衣の隣で平然とキャベツをもりもり食べている無表情女に向き直る。

「聖楽は？」

「安心して。バイト先で数回話しただけ」

「聖楽のバイト先って、大学図書館だよな？」

「そう。一回生の時に平野君の方から話し掛けてきた」

「そ、それって逆ナン……!?」

「『大学の図書館ってラノベとかないんですか』って。あるわけないでしょって答えた」

「……一回生って初々しいよね！」

そもそも一般的な小説ですらあまり数が無い大学図書館に、ライトノベルがあるわけがない。一回生のころの初々しいエピソードだと希が食い気味にフォローを入れた。事実、和のアホ丸出しエピソードにちょっとキュンと来ていた。恋は盲目である。

「まあ流石《さすが》に冗談だったみたいで、その後森見《もりみ》○美彦《みひこ》全集借りて行ったけど」

「ふーん。まあ読書はともかくさ、希的にパチンカスはどうよ？　アリかナシか」

「えっ全然ありだけど。むしろ平野君ならダウナーな感じで解釈一致っていうか。たばこ咥《くわ》えながら『ちっ、全然出ねえな』とか言っててほしい！　そんで私のとこに来てお金たかってきて、私も最初は渋るんだけど他の女のとこに行ってほしくないし、何より平野君のしたいことは何でも応援したいし、もーしょうがないなって言ってお金とか貸してあげたいし、そうやって私なしじゃ生きられないように依存させて私も平野君なしじゃ生きられないように共依存していきたいよね！」

パチンコ男は流石に問題ないですと、音割れしそうな程きらきらとした表情で己が理想を語り始める希。

その様子に、麻衣は思わずたばこを取り落とし、聖来はぴしりとメガネが割れる幻覚を見た。ダメ男製造機だ。偶々《たまたま》二人は、前の世界でも同様に存在する概念を希に当てはめていた。というか後半なんて言った？

友人の闇の側面を垣間見《かいまみ》てしまった二人は、苦笑いを浮かべつつ煙を吐き出すのだった。

☆

夏休みに出されたゼミの課題のために大学図書館を訪れていた日。

まだ夏休みが始まって間もないのに、なんと勤勉なことだろうか。全学生は俺を見習った方がいい。普段の俺なら締め切りぎりぎりまで溜《た》め込んでから、結局間に合わないという留年待ったなしの特性を発揮するところだが、この日は違った。急に心を入れ替えたとか、そんな殊勝な理由ではない。人はそう簡単に変わらない。

普通に昼からバイトがあると勘違いで早起きしてしまい、他にすることが何も無くて、仕方なく来た。泣く泣くと言っていい。俺のような模範的大学生なんて基本的に金欠なので、本当に何もできなかった。つらい。

ちょっと一服するかと、いつものコンビニ横の喫煙所まで足を延ばした。それにしても、図書館からここまで絶妙に嫌な距離にある。五分くらい歩かねばならない。たばこ吸いたいけど遠いしなあ、と気分が乗らない時はあきらめるくらいの絶妙な塩梅《あんばい》。まさか大学側が仕組んだ禁煙策なのか……？　まあ行くんですけどね。

夏休み期間中ということもあってか、喫煙所は普段の混み合い具合とは打って変わってがらんとしている。俺にとってはここ数か月は混雑もちょっと嬉《うれ》しいくらいだったが、閑散としたこの空間で一人ゆっくり吸うのも悪くない。

俺はまずコンビニで夏限定商品である京都レモネードを買ってくると、優雅に喫煙所備え付けの椅子に腰かけ、入道雲が映える夏の青空と、青々とした衣笠山《きぬがさやま》をぼうっと眺める。なんとなく、入道雲に沿うように煙を吐き出してみた。……うん、早起きもいいもんだ。

「よう」

俺が一人でチルタイムを満喫していると、死角となっているコンビニの角から誰かが姿を現した。横目でちらと喫煙所内を見やるが、他に人影は見当たらない。……俺か。いや分かってたけど。

「お前がこんな時間に大学来るなんて珍しいな。家が火事にでもなったか？」

「それそっくりそのまま返すで」

「俺は最初から真面目で通ってるだろ。常識的に考えて」

「そんな常識は無いな。てかパチンコ行こや」

「はあ……」

二言目にはパチンコに誘ってくる終わってる友人、幸中充《こうなかあたる》は、俺の隣に腰かけるといつものようにラッキーストライクを吸い始めた。

こいつは大学からほど近くにある龍安寺《りょうあんじ》の辺りのボロアパートで下宿をしているのだが、

自転車が壊れたとかで買い直す金もなく、このクソ暑い中えっちらおっちら歩いて大学まで来ている限界大学生だ。パチンコに行く金があるなら自転車買えよ。

幸中はふうと汗を拭い、先ほどコンビニで買ったであろう冷たいお茶を二口ほど飲んだ。

「今日七日やろ？　白梅町のパチ屋イベント日やねん。行くしかなくない？」

「金無いし無理」

常套句《じょうとうく》を口にする。事実でもあるし。まあ所持金がゼロとは言わんが、これが無くなったらマジでヤバい。幸中みたいに生活費をギャンブルにつぎ込むほど俺は終わっていない。

それに、今は課題をやるマインドなのだ。確変である。このまたとないであろう折角のチャンスを棒に振るわけにはいかない。いくら北野白梅町がここから近くてイベント日だからといっても、俺は腰を上げるつもりはない。パチンコなんて害悪過ぎる。何ならこれを機にパチンコとこいつとの縁を切るまでである。

「しゃーないな、ノリ打ちでええで」

「よし行くぞ何をもたもたしてるんだ早くして」

「……俺、和のそういうとこ好きや」

結論、俺もクズだった。やっぱ同類《ともだち》！

☆

こんにちは！　役立たず通り越してクズの平野です！　自分ではクズだと思いつつも、「まあそこまでではないっしょ」と思っていました。でも課題やってる途中、クズの誘いに乗ってパチンコ行こうとしてしまい肩身が狭いです。

そんなこんなでパチンコ屋に行くと思われた夏の昼下がり。取り敢えず一服休憩を挟んで、私は今バイト先に来ています。

……いやなんで？

経緯を説明すると、パチンコ屋に向かう最中でバイト先から今から来れないかという電話がかかってきて、それに乗ったというだけである。あと気付かなかったが新田《にった》からも朝に連絡がきてた。恐らくこの話だったのだろう。

幸中は相当ごねたが、まあ金を失うかもしれないギャンブルと金を稼ぐバイトの二択だったら、当然後者を選ぶに決まっている。俺は速やかに友人を見捨てる判断を下した。幸中は泣きながら一人で戦場に向かった。

一旦家に帰りスーツを着て参上した俺を出迎えたのは、案の定新田だった。初対面はスーツ姿だったしそちらを見ている時間の方が長いのに、普段の彼女とは全然違う印象を受けるのはなぜだろうか。似合ってないからか？

いつもなら出会いがしらは互いに小言の一つや二つ吐いているところだったが、きっと塾長に俺の予定が空いていることを話してくれたのは彼女だし、一応感謝の意を表明しておく。サンキュー新田。

「ありがとう新田。お前のおかげで俺はクズに堕《お》ちなくて済んだ」

「何ですか急に。心配しなくても先輩は自分が思ってるよりちゃんとクズですよ？」

「ファッキュー新田」

「何ですか急に!?」

うがあと憤慨する新田をスルーして、俺はいそいそと授業の準備に取り掛かった。夏休み期間は通常とは異なり、昼から夏期講習だったり夏の特別演習だったりと、稼ぎ時で忙しいのだ。というか急なシフトだったせいでろくに準備時間が無い。何ならもう始まるし。

まあうちは基礎学力に重きを置いた個別指導塾なので、大した準備があるわけではないが。精々がその日担当する生徒の情報と、前回担当した講師のコメント、現在の学習状況を読んでおくくらいだ。

今ぱっと見た感じでは普通の高校生だ。目指したい大学もそこまでハイレベルではないし、まずは前回に続き期末テストの復習から入ろうか。なんて大体のアウトラインを形成しつつ、俺は生徒が待つ個別ブースへ向かった。

☆

朝。今日はお昼からバイトがあるので八時に起きた。今日は、なんて言い方したけど、だいたいいつもこのくらいに起きる。大学生になると生活習慣が乱れる人が多いが、私はまだこの健康的な習慣を維持できていた。流石私。大学生の鑑《かがみ》過ぎる。全腐れ大学生……特にあの先輩は私を見習うべき。

起き抜けにあくびをかみ殺しつつ、眠い目をこすりベランダへ出る。その際、出入り口近くの窓枠に置いてあるたばこを取るのを忘れない。夏の朝日は眉根が寄るくらい暑くて外に出る気力を奪ってくるが、私の部屋はベランダが南向きなので直射は当たらない。物件選びでこだわってよかったと思う。

それでもエアコンの効いた部屋から外に出ると、ベランダはむっとするような暑さだ。直射は当たらないとはいえ、暑いものは暑い。顔をしかめつつベランダの縁に肘でもたれかかり、わかばを取り出してジッポで火を点《つ》けた。一口めは少し多めに吸い込み、脱力するように大きく煙を吐き出す。

寝起きでボヤッとした頭にニコチンが回り、少しくらっとした感覚を覚える。所謂《いわゆる》ヤニクラだ。好き嫌いはあるだろうが、私はこれが好き。このポヤポヤした感じが。寝起きの時限定だけどね。

ヤニクラが治まるまで少し縁に体を預け、ベランダから見える道路をぼうっと眺めた。

住宅街だし何があるって訳じゃないけど、円町駅が近いので人の往来はそこそこある。三階から見下ろすと、道行く人、ひいては社会全体を俯瞰《ふかん》で見ている気がして中々に気分がいい。王様にでもなったようだ。見ろ、人がごみのようだ……なんちゃって。

そういえば先輩は今何してるだろう。夏休みだしどうせ用事は無いんだろうから、まだ寝てるのかな。寝てるに違いない。だって先輩だし。それなら夏期講習に引っ張り出してきてもいいかもしれない。昨日人が足りないって塾長も言ってたし。

ラ〇ンを開くと、例の先輩のトーク画面を呼び出した。寝てるかもだけど、一応ね。

「『今何してますか』っと」

案の定すぐ既読にはならない。まああの先輩はいつもそうなんだけど。

ヤニクラも治まったし、ちびちびとわかばを消費していく。タール数が高いから、少し吸うだけでも濃い煙が出て、それがちょっと快感なのだ。夏の暑いときはメンソールが欲しくなるけど、今手元にあるのこれとしんせいだけだし。しんせいは貴重なので、一人の時に吸うのは勿体《もったい》ない。

いつの間にかルーティンになってしまったなあと、ここ最近ですっかり慣れてしまったたばこを見てふっと微笑《ほほえ》む。

思い浮かべるのは、飄々《ひょうひょう》としながらも気さくで優しい、でも男の人なのにたばこも吸うしパチンコもするちょっと変わった私の先輩。多分友達とかに言ったら、「絶対やめなよ」って言われそうな趣味をしているあの人。

……いやそれは普通に友達が正しい。私が友達でもそう言うよ、「絶対やめときなよ」って。まあ私もどっちもするんだけどさ。

とにかく、先輩は私にたばこを教えてくれた人。この間はそのことすら覚えてなくてちょっとむっとしたけど。……しんせいだってわかばだって、貴方《あなた》がくれたたばこだったから、今でも吸ってるんですよ？　ほんと、先輩ってそういうとこありますよね。こっちの気も知らないで。というか、なんならパチンコだって、貴方がしてるって聞いたからやってみたのに。

「……責任とってくださいね。先輩？」

私、新田莉生《りお》はそう微笑むと、先輩の家のある方向にふうっと煙を吐き出した。

……そしてちょっと恥ずかしくなって、一人逃げるように家の中に戻った。

まだちょっと慣れないスーツに袖を通し、バイト先へ向かう。うちから塾までは同じ駅前ということもあってとても近く、歩いて五分ほどだ。暑くてもこれくらいなら耐えられる。

塾長か社員が先に来て鍵を開けるため、私が着くころには既に冷房が付いている……と言っても、夏期講習に限って言えば私たちバイトと社員の人の出勤時間に差はないので、現時点でそこまで涼しくないんだけどね。気持ちぬるめの絶妙に嫌な室温の中、私はロッカールームで掃除をしていた塾長に話しかけた。

「おはよーございます」

「おはよー新田ちゃん。今日も暑いなー」

「ですねー。あ、そいえば、今日講師足りてるんでしたっけ？　昨日足りないって言ってたような気がして」

「いやそうなのよ。このままやとうちまで出張らなきゃいけんくてほんまキツイ。もう五科目全部記憶ないもん、教えんのなんて無理や。そもそも裏方専門やしなうち。てかかわいそ過ぎやろ、うちが担当になってしまった子」

まるで一大事みたいに言うが、大体どこの塾も塾長が直接指導に当たっているのに、と思う。何なら率先して指導してる。あとすごい喋《しゃべ》るなこの人。

この人は基本的に現場に出ないスタンスを取っているため、普段は事務に専念しているイメージしかない。それが良いのか悪いのかはさておいて、取《と》り敢《あ》えずは生徒からも不満の声は出ていないし給料も支払われているので、個人的にはどうでもいいと思っている。

あ、でも男子大学生のバイトの子にすり寄ってくのはマジでキモいと思う。なまじ見てくれがいいだけに、先輩もコロッといかないか心配だ。

まあ別に嫌ってはないんだけどね。なんだかんだこの人、気も利くし仕事できるし。

「そのことなんですけど、平野《ひらの》先輩今日出れると思いますよ？　なんか暇だって言ってたの聞いたような気がします」

「え、まじ!?　平野君出れるん！　超助かるわー！」

その言葉に、がばっと立ち上がってこちらを向く塾長。あーあーちりとりからほこりとか落ちたよ今。

さっそく電話せなーと、ルンルンでロッカールームを出て行く塾長は、正直アラサーがそれやってるの相当キツイわーと思わなくもなかったが、まあこの後先輩来るだろうし、ため息一つ吐《つ》いて流すことにした。

案の定先輩は暇だったようで、あれから程なくして現れた。ラ◯ンに返事がないことには今更何も言わない。あの人友達が少ないからSNSあんまり見てないって知ってるし。

私たちの仲がいいというのは大っぴらにはしていない。私も人前ではきちんと名前で呼ぶし、何よりこの人と仲良くしてると生徒とかのやっかみがあるし。こないだもちょっとバイト終わりに喫煙所で話してただけですぐ「新田先生、平野先生と付き合ってるんですかー?」ってなったし。まだ付き合ってないっつーの！　まあスーツ着てる姿は確かにかっこいいけどさ。普段クールだし近づきがたい感あるけど話してみるとそうでもないし年上感あるし、綺麗《きれい》なお兄さんなんだよなこの人マジで。それでいて中身はヤニカスパチンカスでクズそのものだし、いつも私にたかってくるし、でもたばこ吸ってるとこカッコイイんだよなあー……。男でそんなのとかギャップ過ぎ責任とれほんんと。

……はっ、いけないいつい。

閑話休題。

それはそうと、ちらほら生徒も来だして騒がしくなってきた。その喧騒《けんそう》にまぎれるようにして私は出入り口まで足を運び、先輩を出迎える。

私の姿を捉えた先輩は手を挙げると、いつものように奢《おご》れと言ってくるかと思いきや、

「ありがとう新田。お前のおかげで俺はクズに堕ちなくて済んだ」

「何ですか急に。心配しなくても先輩は自分が思ってるよりちゃんとクズですよ？」

急にお礼を言われたので思わず面食らってしまう。何の話だかさっぱり分からないので、取り敢えず無難に事実を返しておいた。

「ファッキュー新田」

「何ですか急に!?」

うがぁと憤慨する私をよそに、先輩はすっと中へ入って行ってしまう。

私への扱い雑くないですか!?　まあここではそれでもいいんですけど……。

何故《なぜ》だかあの人はびっくりするほど女っ気が無く、その点はあまり心配していない。見た目だけならともかく、中身まで見て好きになるような変わり者なんて私くらいだろうし。

私は少しむっとしながらも、数瞬の後には元通りの表情で、パタパタと講師用ブースへ先輩の姿を追った。私も授業の準備しないと！

RIO NITTA

名前

新田　莉生

職業

大学生

身長

152cm

好きなもの

たばこ、先輩

吸っているたばこ

しんせい、わかば

MIYAKO SAIONJI

名前

西園寺　京

職業

大学生（VTuber）

身長

162cm

好きなもの

美味しいごはん、
自分のファン

吸っているたばこ

非喫煙者

夏期講習の時間が終われば、あとは通常授業の時間になる。俺がヘルプで呼ばれていたのは夏期講習のコマだけであったため、もうお役御免である。ちなみに新田《にった》は、今日は通しでバイトらしい。中々ヤニを補給しに行けないあいつに、去り際満面の笑みでたばこのジェスチャーをしてやった。中指立てられた。

そんな訳で、今は塾から最寄りのコンビニの喫煙所にいる。バイト終わりは大体ここでたばこを吸って帰るのがいつもの流れで、そういえば新田と初めてちゃんと話したのもここだった。まだ数か月しか経《た》っていないのに、なんだかすごく懐かしい気がする。

汗ばんだ缶コーヒーを口にしつつ、ここ最近を思い返した。

もともと俺の生活に女っ気が無いせいなのか、最近はふとした時に男女逆転していることを忘れてしまうことがある。だって全然変化ないもん。もっと無条件でモテると思ってた。男女比が偏っていれば変化は如実だっただろうが、生憎《あいにく》そうではない。まあ元々モテない奴《やつ》が、逆転したとてモテるわけがない。つまりはそういうことだ。顔は悪くないはずなんだけどなあ……あ、中身か。そういや俺カスだったわ、ガハハ。

車止めの金属製ポールに腰かけ、ピースに火を点ける。夕方というにはまだ早い駅前の喧騒を眺めながら、長い煙をふうと、世の中へ遠慮なく吐き出した。ほぼため息である。はあ……。

「あ、七星《ななほし》だ」

漫然と眺めていた雑踏の中に、見知った顔を見つけた。これは所感だが、地雷系ファッションを着こなしている人間は前の世界と比べても大差ないくらいなので、多分大学デビューミスってる。いや似合ってるけどね。

というか喫煙所でのエンカウント率高くないか？　ヤニカス同士は引かれ合うのか……。まさかそんなスタンド使いじゃないんだから。

声を掛けるにはまだ結構な距離があり、大声で名を呼ぶのは躊躇《ためら》われる。七星の体の向き的にこちらの方へ歩いてきそうだったので、待っていれば声を掛けられるかもしれないが、何となく俺の手はスマホに伸びていた。そう言えば俺から電話したこと、あっただろうか。

通話アプリを起動し、耳にあてる。視界の中の七星がわたわたとスマホを取り出した。

『……あ、もしもし七星？』

『もしもし。どしたの、平野君から電話なんて珍しいじゃん。私明日死ぬのかな』

『電話くらいで死なないでくれ。向かいのコンビニ分かる？』

『え、うん。セブンでしょ？　分かる分かる』

通りを挟んだ七星がこちらを向いた。自然、目が合う。

『すっ、えっ、あれ平野君!?　あのスーツ着た人が!?』

『まあ多分それが平野君だな』

びっくりした人を絵にかいたような挙動でびっくりする七星。駅前の広場で地雷系ファッションの女が電話口で仰《の》け反っているというシーンは、通りの向かいから見ているこちらとしては相当面白いものがある。現に今通り過ぎた人ちょっと笑ってたし。

ともあれ、俺の現在地を把握してくれて何よりだ。ちょっと話してこうぜという意図を込め、次の一声を発しようとした。

『待ってて！』

その一言と共に電話が切られた。

そして視界内の七星は、わき目もふらず全力疾走――をしているつもりだろうが傍《はた》から見たら小走りでこちらに向かってきていた。

☆

今日はいい日だ。

なんて、駆けながら思う。これ普通男女逆だよね、と。別に待ち合わせをしていた訳ではないけど、待ってる相手に駆け寄って行くのは男の子なことが多いし。少なくとも私がこれまで触れてきたラブコメでは。

最近ちょっと元気が無かった私を見かねて麻衣《まい》たちが遊びに連れ出してくれたけど、かと言ってナンパはどうなんだと思う。私には平野君がいるんだし、当然そんなことしてないけど。まあ多分、吹っ切るために誘ってくれたのかな。だとしても大分間違えてる。

でも、今こうして平野君に会うことができたのだから、今日の外出は結果的にとても有意義なものになった。自然と口角が上がる。

信号を待つ少しの時間すら待ちきれなくて、私はじわりと浮かんできた額の汗を乱暴に拭った。

信号の色が変わると同時に駆けだす。厚底のパンプスのせいでめっちゃ走りづらいけど、そんなのどうでもよかった。人の間を縫うようにして横断歩道を渡り切り、すぐそこのコンビニへ向かう。

「ひ、平野君っ」

「よ、久しぶり。……久しぶりか？」

あまりにも必死な様子が伝わってしまったのか、苦笑しながら平野君が手を挙げた。

遠目にも分かったが、スーツ……まあワイシャツか。とにかく、ピシッとした姿の彼はあまりにも新鮮で、まるで服の方が彼に合わせたんじゃないかってくらい様になっている。

ネクタイを締めているのが際立たせてるのかもしれない。

思わず呆《ほう》けたように見入ってしまう。

停《と》めてあるバイクの傍《そば》で車止めに腰かけてたばこを咥《くわ》える平野《ひらの》君は、なんだかもう、どうしようもないくらいにかっこよかった。

二つの意味で動悸《どうき》が収まらない私を見て何を思ったのか、平野君はちょっと待ってろと言ってコンビニの中へ入って行ってしまった。

久しぶりに全力疾走したせいなのか、たばこで肺がやられてしまったせいなのか。ぜーはーと肩で息をしている身としては、ちょっとありがたかった。今のうちに汗を拭って髪も少し整えておく。下手な姿は見せたくない。

……にしても。

「あ——だめだこれちょっと平野君かっこよすぎじゃない……？」

平野君が塾でバイトをしているというのは前に聞いていたので知っていたが、見るのは初めてだ。彼はクール系なので絶対に似合うとは思っていたが、まさかここまでとは思わなかった。ちょっと後でチェキ撮ってくれないかな……。全然お金払うので。

リクルートスーツを着た男子大学生という性癖が蔓延《はびこ》るのも納得である。もう今夜はそっち系の動画を使うしかない。またこの実際に平野君をどうこうするという発想が真っ先に浮かばない辺り、私のヘタレさというか、情けなさが浮き彫りになってきて嫌になる。

麻衣とか聖楽《せいら》ならもっとぐいぐい行くんだろうな、なんて思う。でもしょうがないでしょ推しなんだからさ……。

「お待たせ。ほら」

一人心の中でぶつぶつ言っていると、コンビニから出てきた平野君がペットボトルの清涼飲料水を投げ渡してきた。慌ててキャッチする。手のひらからすうっと冷えていくのが気持ちがいい。

財布を出そうとする私を、彼が手で制した。

「暑かっただろ。走らせちゃったし、これは奢り。京都レモネード、美味《うま》いぞ」

「え、いいのにそんな。悪いし」

「いーのいーの。あ、そんならセッター一本ちょうだい。それでいいわ」

「そんなのいつだってあげるのに……」

でもそう言うならと、ショルダーバッグからセブンスターを取り出した。平野君がありがとうと言って受け取り、口に咥える。

私は手の中のライターを、すっと彼の口元に寄せた。

「ん？　お、さんきゅ」

私と彼とでは身長差があるため、私がこうして火を差し出すと自然と平野君はこちらに詰め寄ってくる形になる。そんな、普段の距離とは一歩近づけるこの瞬間が、私はたまらなく好きだった。

私は彼と並んで車止めに腰かけると、自分の分のセブンスターを取り出して、口に咥えた。

「七星」

キン、と金属性の高い音と、ぼっ、と炎が灯《とも》る温かな音がする。

横を向くと、平野君はまっすぐ向いてたばこを吸いながら、片手でジッポをこちらに向けてきていた。

私は別に隠す必要もないのに、慌てて手の中のライターをしまうと、火を消さないように片手で火を囲って、顔を近づける。

「ありがとう……」

「おー、なんかいいよな、こういうの。ヤニカス同士のコミュニケーションって感じでさ」

「えへへ、分かる」

どうしようもないくらいに顔が熱いのは、きっとこの夏の暑さのせい。

私は平野君に倣って地面に置いていた京都レモネードを開封し、ごくごくと一息に飲んだ。さわやかなレモンの風味と、程よい甘さがたまらない。口の中に残留しているたばこの風味を洗い流してくれるようで、さっぱりする美味《おい》しさだった。

同じように京都レモネードをあおった平野君が感慨深げにつぶやく。

「やはり京都レモネードこそ至高の飲み物……。レベルの高い合格点をオールウェイズ出してくれる……」

「うんうん。次に吸うたばこが常に新鮮な味わいだよね」

よく分からなかったので適当に返した。取《と》り敢《あ》えず、このセブンスターが過去最高に美味しいことだけは確かだ。

☆

なんか隣の七星が見るからにご機嫌でたばこを吸い始めた。そんなに吸うの我慢してたんだろうか。いやセブンスターはうまいけどさ。

というか走らせちゃった後にたばこ誘って悪いことしたかな。暑そうにしてたので冷たい飲み物を買ってきたが、ちょっとまだ荒い息してたしな。酸欠なのではと心配だ。

疑問に思ったので聞いてみる。付き合いも短い訳じゃないし、最近は思ったことをすっと聞けるくらいの関係にはなれたと思う。どうかそう思っているのが俺だけではないと信じたい。

「走った後にたばこ吸って平気か？」

「え？　うん。全然いける。何なら人生最高レベルで美味しいよ今」

えっそうなんだ。酸欠の時の方が美味しく感じるのか。今度試してみるか……？

しかし、冷静に今の状態を俯瞰《ふかん》して見ると、コンビニの喫煙所でスーツ姿の男と地雷系ファッションの女が並んでヤニを補給している姿は異様ではないだろうか。前だったらパパ活を疑ってしまうが、この世界だとどんな感じなのだろう。地雷系を男に当てはめるのが難し過ぎて想像できん。

流石《さすが》にそれは聞けず一人考え込んでいると、七星が灰を落としながらこちらを見上げるように尋ねてきた。

「平野君はバイト終わり？　それとも今から？」

「終わり。今日は夏期講習あってな」

「へー、そうなんだ」

「ああ」

「……」

「……」

あっ、やってしまった。思わず内心顔色なからしめた。

次の会話に繋《つな》ぐように話せないというか、そこで会話が途切れてしまうというか。これが気の置けない仲なら気にならないし次の会話も適当に振れるが、そうなる前の微妙な関係の時は、こうして途切れるとめっちゃ気まずいし後悔するんだよな。気の置けない仲の奴《やつ》もそうなる前はこうであったはずなのだが、その時どうしてたかはもう覚えてない。

しばし無言の間があり、吐き出す煙がただいたずらに大気を汚していた。こういう時たばこがあると少し気まずさが薄れる。

くっ、いいやもう限界だっ、(話題)振るねっ！

「な、七星《ななほし》はさ」

「う、うん。なに……？」

うわあ……変に切ったせいでなんか余計ぎこちなくなってしまった気がする。なんか告白でもするんかみたいな雰囲気だ。向こうも心なしかもじもじしてるし……。

もういっそ告白でもするかと開き直りかけるが、それをするにはあまりにも好感度が足りないだろう。玉砕は目に見えている。この世界では既に栓無きことかもしれないが、俺とて男。告白経験くらいある。まあ当然全部フラれたが。

そんな経験豊富(笑)な俺からしてみれば、これは百パーセント今すべきではない。折角掴《つか》んだチャンスなのだから、もっと大事にすべきである。だって七星かわいいし。胸は小さいけど。

と頭の中で理屈をこねくり回し、結果特に何かするでもなく思ってたことを口にするに留《とど》まった。

「何かの帰り？　駅から出てきたってことは」

「ぇ、ぁ、あー、そう！　そうだよ！　友達と嵐山行ってたの」

「嵐山かー。京都住んでるとなかなか行かないなー」

「まあそうだね。いつでも行けるしってなっちゃう。私も誘われなかったら行ってなかったし」

「ん？　帰りってことは円町って七星の最寄りなのか」

「そうだよ？　なんかあった？」

なんとか会話も平常運転に戻ったところで、ふと口に出てしまった言葉。特にどういう意味はないのでさらっと流したいところだ。この駅に関する蘊蓄《うんちく》などない。

いや、頭の中に何か引っかかるものがあった。

いつだったか七星と飲みに行ったとき、千本今出川でバイトしてるって聞いたことがある。そのあと新田《にった》と協力して色々したので覚えている。

俺はてっきり家もその辺だと思っていたが、それだとこの駅が最寄りというのはおかしな話になってしまう。円町から千本今出川まではそこそこ距離があるし、嵐山から千本今出川まで帰るなら、ＪＲではなく嵐電《らんでん》で北野白梅町まで行った方が早い。

「前バイト先が千本今出川だって聞いたからさ、こっからだと遠いなって思って」

「あー！　そういえばそうだったね。ふふ、なんか逆だよね」

「え？　なにが？」

「私たちの家とバイト先の距離感だよ。平野君は千本今出川辺りに住んでるけど、そこは私のバイト先だし。私は円町に住んでるけど、ここは平野君のバイト先だし」

「そうだな、確かに逆だ」

驚いた。俺のバイト先がこの辺りだとはまだ言っていなかったのに、よく分かったな。まあこの辺個別指導塾多いし、俺の家は逆方向なのでちょっと考えれば分かるか。七星って頭いいよな……。

この辺りは電車にバスにとアクセスがよく、うちの大学からもそこまで距離が無いので恐らく学生も多いのだろうが、如何《いかん》せん俺を含むカスの友人共は金が無さすぎるのでこんな好立地に住めるはずもなく、アクセスが悪い陋屋《ろうおく》を住処《すみか》としているのだが、従って知り合いで円町辺りに住んでいるのは七星で二人目だった。

「後輩もこの辺住んでるんだよな。もしかして同じマンションだったりして」

「へー後輩……」

うわなんか声低くなった。なんか地雷踏んだか？　確かに新田は異性で仲がいいとは思うが……いや待て、新田はマジでただの後輩なんだから別に変に取り繕うことは無いじゃないか。普通にバイト先の後輩でと何事もなく流せばいいだけの話だ。でも貧乳だから対象外なんだよねガハハとか言っとけばセーフ。

なんだか嫌な予感がするので、ここはさっさと済ませようと口を開きかけた時。

「あーやっぱいた！　せんぱー……いと、誰？」

「げえっ、関羽《かんう》」

「誰が関羽ですか」

新田が来た。何で今来るかなあ……！

「後輩……ふーん、あの子だったんだ」

な、七星さん……？

☆

予期せぬ七星と新田の邂逅《かいこう》は、ぴしりと空気がゆがむような錯覚を覚えるものの、会話の口火はいたって普通に切られた。というか気まずくなる要素が無い。ここには偶然会った知り合いと、そいつと駄弁《だべ》っている俺がいるだけなのだ。新田にどうこう言われるあれも無いし。

「あー、すいません突然。私はこの人のバイト先の後輩で、新田って言います。あ、今のはすいませんと吸いませんを掛けた激ウマギャグで」

いやお前喫煙者じゃん。バリバリヤニカスじゃん。どきついタール数のたばこ吸うじゃん。

猫を被《かぶ》る新田に、何言ってんのお前？　という視線を向けるも秒で肘が飛んできて黙らせられた。くっ、なかなかいいもん持ってんじゃん……！

「そ、そうなんだ！　はじめまして。私は七星希《のぞみ》って言うの。平野《ひらの》君とは同じ学部で……友達？」

新田の非喫煙者という大嘘《おおうそ》に騙《だま》された七星が、慌ててたばこをもみ消しながらそう確認を取るかのようにこちらを窺《うかが》ってきた。

確かに、俺たちの関係って何なんだと思う。まあ友達で間違いはないと思うが、なんかそう一括《ひとくく》りにまとめてしまうと、友達なんでこの先何もないです！って言われてるみたいでちょっともやもやする。だからといって好きなのかと言えば、自分で自分を完全に肯定できない。七星が巨乳だったら即好きになってたんだけどなあ。

とはいえ、否定の意も浮かばないため首肯しておくにとどめる。ちなみに俺は全然火は消してない。だってもったいないし。

「そんで、お前はなんで来たの？　バイトはどうした」

「いや普通に休憩時間になったんでヤニ補給しに来ただけですけど。どうせ先輩もいるだろうし」

「えっ吸わないいんじゃ……」

「あ」

しまった、みたいな顔をして新田がこちらを向く。いや俺を見られても知らんわ。すぐばれる嘘を吐《つ》くな。

新田が何か訴えるように俺の方を見てくるが、俺が助け舟を出さないことを悟ってか、七星の方に向き直る。

「い、いやーバレちゃいましたかー。新田ちゃんジョーク！……なんて」

「えっと…………」

「うわきつ」

そして、きゃはっ、とでも言わんばかりに声音とポーズを取り繕った。それを見て思わず心の声が漏れた俺に、本日二度目の肘鉄が入る。やっぱいいもん持ってんじゃん……！

「あ、あはは……仲いいんだね」

「まあ、付き合い長いですからね！」

新田が何やらふんぞり返ってそう言うが、別に七星と大差があるわけではないだろ、と内心思った。言わないけどさ。

新田は一回生で、つまりは今年の春に入学してきた。バイトもそれからなのでまだ知り合って半年経《た》ってないくらいだ。七星と知り合ったのが六月くらいだったから、実はそんなに差はない。まあ会う頻度は当然新田が多いけど。

「というかさ、お前この後も授業あんのに大丈夫か？　匂い付くぞ」

あれだけ喫煙者だというのをひた隠しにしてきただけに、ちょっと心配になる。今までも、俺がバイト終わりにここで吸ってる時すら我慢していたくらいだし。当たり前だが、ここにいるとバイト先の奴やら生徒やらに見られる可能性高いんだよな。それに匂いは吸わない人からすれば結構感じるらしいし。

そんな心配を胸に聞いてみれば、新田は何ともあっけらかんに答えた。

「いやー大丈夫っしょ、全部先輩のせいにするし！」

「おい、俺のただでさえいいとは言えない塾内での評判をこれ以上貶《おとし》めてくれるな」

モッピー知ってるよ。バイト終わりにここにいると同僚とか生徒が何とも言えない目で見てくること。こないだ塾長にも「平野君、たばこ吸わはんねや」って京都人特有の遠回しな言い方で言われたしな。ちなみにこれを分かり易《やす》く言い換えると、「生徒に悪影響だからやめろや、親から苦情来たらどないすんねん」だ。怖い。

そんな俺が、後輩でみんなの人気者新田ちゃんにたばこを吸わせたなんて噂《うわさ》が立ってみろ、もう居たたまれないどころの騒ぎじゃないぞ。居たたまれなすぎて辞めちゃうレベル。

「え、平野君バイト先で評判悪いの？」

「いやそんなことないですけどね？　だってほら、この人ってちょっと近寄りがたい感あるじゃないですか。話してみると意外と気さくなんですけど」

「あー分かる分かる。私も最初めっちゃ緊張したし」

「七星さんは先輩とは何きっかけなんです？　同じ学部って言ってもあんまり個人と関わる機会ないじゃないですか、言語クラスとかですか？」

「違う違う。いやまあ友達は同じクラスだったらしくて相当協力してもらったけど違くて……。あー言っちゃちゃっていいのかこれ……？」

「言っちゃいましょーよー！」

コミュ力が高いのか、この世界においても女性は会話好きなのか、早々に俺を置き去りにして話している二人。おかしくね？　三人いて一人ハブられるなんてことある？　ましてや二人の共通の知人ポジだよ俺。普通、俺を中心に会話って回ってくよね。

まあこういう時の身の振り方は心得ている。三人いたのにいつの間にか一人になってることなんてあるあるだからな。こういう時は、すっとフェードアウトするのが正解だ。気付かれないように細心の注意を払ってその場から消える。そうすれば、他二人からの「え、まだいたの？」という視線を受けずに済むし、何より俺がこれ以上気まずくない。ウィンウィンなのだ。

そうと決まれば後は行動するのみ。俺は自然な流れでたばこをもみ消し、サイクロン号IIの方へ体を向け――

いや待てよ。俺今日バイクで来てるじゃん。どうやっても音で気付かれちゃうだろこれ。どうすんだこれ。あー詰んだ。コンビニの中にエスケープするか……？

「えーっ！　ナンパしたんですか!?　この人を!?」

「こ、声が大きいよ！」

うわうるさ。

何事だと視線をそちらに向ければ、殊更に驚いた様子の新田とわたわたとそれを制止しようとしている七星《ななほし》が目に入った。信じられないものを見たという視線を向ける新田と目が合う。

「先輩がナンパにホイホイついて行っちゃうような人だとは思いませんでした幻滅です今までの私の気持ちどうしてくれるんですか返してくださいあとこの後飲み行きませんか」

「貶《けな》したいのか誘いたいのかどっちだよ」

「あっ飲みに行くなら私も行きたいな……なんて」

そもそも俺はナンパにホイホイついて行った訳じゃないし。その証拠に七星とは今のところマジで何もない。何もなさ過ぎて普通に友達してるわけだし。

まあとはいえ、そんなイメージが付いてしまうのは俺にとってあまり良くないだろう。ブランドイメージに傷がついてしまう。大したブランドじゃないけど。

小声でぼそっと何か言った七星は一旦スルーして、俺は新田に開き直る。

「勘違いしてもらっちゃ困るが、俺はそんなに安い男じゃないぞ。俺が七星にホイホイついて行ったのはな、七星がかわいかったからだ。そんじょそこらの女についていくほど俺は落ちぶれてない」

「か、かわっ!?」

「結局ホイホイ行ってるじゃないですか」

「いや見ろこれ、多分異性から褒められ慣れてないせいであたふたしてんのかわいくないこれ」

「確かにかわいいですけど……」

なんか立ち去る雰囲気でもなくなったなあと、腕時計を見れば、新田《にった》が来てからそこそこ時間が経っていることに気付いた。

「それよりお前時間大丈夫か？」

「げ、うわーまじかもうこんな時間……。じゃ、私行きますね。フリーズしてる七星さんにもよろしくです」

結局何をするわけでもなくただ立ち話をして終わってしまった彼女の休憩時間。たばこも吸えなかった新田にちょっと申し訳ない気がして、踵《きびす》を返して立ち去ろうとする彼女に声を掛けた。

「じゃ、夜はその辺の居酒屋でいいよな？」

「え？……いいんですか!?」

「まあなんだかんだお前と飲みには行ったことなかったし。あ、もちろん奢《おご》りな」

「何でですか……今回だけですよ」

「あ、折角だし七星も連れていっていいか？」

「何でですか⁉」

うがーと吠《ほ》えながら、それでもちょっと弾んだ足で新田が去っていった。

俺はそれに軽く手を振って見送ると、隣にいたフリーズド七星の方を向き、そのままの流れで眼前に手をかざす。反応はない。

「……駄目だこりゃ」

☆

「あーやっぱいた！　せんぱーー……いと、誰？」

「げえっ、関羽」

「誰が関羽ですか」

こんにちは！　勘違い新田です！　自分では「あんな人、好きになるのなんて私くらいっしょ」と思ってました。でもふらりと会いに行った先輩の隣に知らない女の子がいて肩身が狭いです。ねえ先輩その人誰ですか？　やけに親しげじゃないですか？

そんなこんなで迎えた知らない女の子とのファーストコンタクト。とはいえいきなり詰め寄ったりするのは常識的じゃないし、そんなことしたら普通にただのヤバい奴《やつ》なので、取《と》り敢《あ》えず普通に愛想よくいってみたいと思います。

「あー、すいません突然。私はこの人のバイト先の後輩で、新田って言います。あ、今のはすいませんと吸いませんを掛けた激ウマギャグで」

何言ってんのこいつ？的な視線を投げかけてくるそこの男には取り敢えずエルボーを入れて黙らせておく。今の時代女が男に暴力はどうのと言う人もいるが、まあ先輩は先輩なので良しとする。体格差あるし、このくらいじゃれついてる程度にしか思わないだろう。

私が登場してからというもの、面食らったようにびっくりして固まっていた様子の地雷系ファッションの女の子が、それでようやく動き出した。

ちなみに吸わないと嘘をついた理由は特にない。なんか語呂が良かったからくらい。ジョークなんてこんなものだ。

「そ、そうなんだ！　はじめまして。私は七星希って言うの。平野君とは同じ学部で……友達？」

そう言いつつわたわたとたばこをもみ消していた。あー気使ってくれたんだこれ。いい人だよこれ……。

これが某繁華街のビル横に居そうなバリバリ重ため姫カット系の地雷系ファッションの女だったら、先輩にもちょっとヤバくないですかみたいにこそっと言えたかもしれないが、この人は量産型の方の地雷系だしふわっとしたかわいい系で、悔しいことに凄《すご》い似合ってるんだよなぁ……！

わたわたとか普通の女がやってたらちょっと引くような擬音もなんかこの人だと自然だし、ファッションといい、結構珍しいタイプだ。少なくとも私の周りにはあんまりいない感じ。

友達であるという確認に、先輩も首を縦に振っているところを見るに実際友達関係なんだろうし、そしてまだ仲が浅いのだろう。若干のぎこちなさが見て取れる。

先輩に女の知り合いがいたことに最初こそ驚いたが、逆に考えてみれば、見てくれはいいのだから居ても不思議ではない。思えばそういった類いの話は今までしてこなかったし。

問題はこの地雷系ファッションの女……七星さんが先輩に気があるのかどうかだ。でも初対面でそんなこと聞けないし、今はまだ様子見かな……。

私が一人納得していると、つい数十分前に別れたばかりの私がここにいることに疑問を感じたのか、先輩が不思議そうに尋ねてきていた。

「そんで、お前はなんで来たの？　バイトはどうした」

「いや普通に休憩時間になったんでヤニ補給しに来ただけですけど。どうせ先輩もいるだろうし」

まあ嘘《うそ》だけど。

バイト先や知り合いには喫煙者であることを黙っている私が、たばこを吸いに来た訳がない。休憩時間なのは本当なので、どうせバイト終わりにはここで一服しているであろうあなたに会いに来た……とは言えず、そう言って誤魔化すしかなかった。

「えっ吸わないんじゃ……」

「あ」

が、想定外の人物が居た。

七星さんが困惑の表情を浮かべて私と先輩を交互に見ている。

冷静に考えれば七星さんにばれても問題はないのだが、思わず私もしまったという顔で先輩を見つめた。何とかしてくださいお願いします。

しかし先輩は動こうとしない。自業自得だみたいな呆《あき》れた視線を向けてくるのみだ。こんな時は助け舟くらい出してくれたっていいじゃないですか……！

仕方がない。あれをやるしかない。自分で言うのもなんだけど私は顔がいい。体格こそ小柄だが、愛嬌《あいきょう》もある。そんな私だからこそ許される必殺奥義……！　相手は死ぬッ！

私はすうと小さく息を吐き、目一杯表情をかわいく取り繕うと七星さんに向き直った。

「い、いやーバレちゃいましたかー。新田ちゃんジョーク！」

「えっと………」

「……なんて」

固まる七星さん。凍る空気。

あっやばい死にたい。

そんな中この人だけはいつも通りの反応をくれた。いつも通りドン引きしてるってのもあれだけど。

「うわきつ」

ナイスと言わんばかりに私は先輩に肘鉄をかますと、そのまま場の空気を払拭するように、いつもより強めにじゃれつき始める。流石《さすが》に空気を読んでか、先輩も強引に引きはがしたりはせずいい感じにあしらってくれている。流石ですよ……！　今のは中々の先輩力です……！

「あ、あはは……仲いいんだね」

「まあ、付き合い長いですからね！」

「というかさ、お前この後も授業あんのに大丈夫か？　匂い付くぞ」

あーそれなんですよね。正直匂いはもうちょっと付いてるはずなので、教室戻ったらファブしてそれでもなんか言われたらどうしよう？　潔く喫煙者だとばらしてもいいけど、イメージがなあ。さっき生徒に先輩のことでからかわれたばっかだし……。

こちらを向く先輩と目が合う。

そうだこの人のせいにしよう。我ながら名案だ。私はにこりと笑うと、先輩の肩を叩《たた》いた。

「いやー大丈夫っしょ、全部先輩のせいにするし！」

「おい、俺のただでさえいいとは言えない塾内での評判をこれ以上貶《おとし》めてくれるな」

かわいい後輩のために犠牲になってくださいね、先輩！　それにこないだラーメン奢ったしこのくらいは許してほしい。あと別にあなた嫌われてないですから。むしろ逆ですよ逆。あなたがさっき担当してた女子高生、今私の受け持ちなんですよ。私がどれだけそういうのブロックするのに苦労してるか……。

「え、平野《ひらの》君バイト先で評判悪いの？」

案の定、七星さんが食いついてきた。さっきも言ったけど先輩は別に評判悪くはないし、ここで嘘つくデメリットもないので普通に答える。なんか当の本人は遠い目して虚空見てるし。何でこの人は自分に向けられる好意に気付かないかなあ、ほんと。

「いやそんなことないですけどね？　だってほら、この人ってちょっと近寄りがたい感あるじゃないですか。話してみると意外と気さくなんですけど」

「あー分かる分かる。私も最初めっちゃ緊張したし」

「七星さんは先輩とは何きっかけなんです？　同じ学部って言ってもあんまり個人と関わる機会ないじゃないですか、言語クラスとかですか？」

「違う違う。いやまあ友達は同じクラスだったらしくて相当協力してもらったけど違くて……。あー言っちゃっていいのかこれ……？」

「言っちゃいましょーよー！」

話してみると七星《ななほし》さんはとっても普通にいい人な感じで、別にこちらに悪意とか敵愾心《てきがいしん》とかも感じないし、本当にいい人そうだ。これならほんとにただの友達で偶然会ったたってだけっぽそうだ――

「あ、あのね、大学横のコンビニの喫煙所でね、その、ナンパを……」

「えーっ！　ナンパしたんですか!?　この人を!?」

「こ、声が大きいよ！」

前言撤回。やっぱり敵だ。

というか先輩も先輩だよ。ちょっとかわいい子に声かけられたからってすぐ仲良くしちゃうんだから。そりゃ今まで浮いた話が無かった方がおかしいまであったけどさ、にしても突然が過ぎる。私だってそこそこかわいいと思うんだけどな……。

言い知れない胸のもやもやは、しかして終《つい》に吐露することはできず、私の大声にこちらを向いたこの人に知られることは無いのだろう。

「先輩がナンパにホイホイついて行っちゃうような人だとは思いませんでした幻滅です今までの私の気持ちどうしてくれるんですか返してくださいあとこの後飲み行きませんか」

「貶《けな》したいのか誘いたいのかどっちだよ」

「あっ飲みに行くなら私も行きたいな……なんて」

いや全然吐露しちゃったよ。全部言ったよ全部。マシンガン過ぎてほぼ流されたけど。

しかして先輩は先輩で譲れないところがあったのか、連射した私の言に対し、何故《なぜ》だか胸を張って言い返し始めた。

「勘違いしてもらっちゃ困るが、俺はそんなに安い男じゃないぞ。俺が七星にホイホイついて行ったのはな、七星がかわいかったからだ。そんじょそこらの女についていくほど俺は落ちぶれてない」

「か、かわっ!?」

七星さんが、びくぅっと痙攣《けいれん》して固まった。死んだなこりゃ……。七星さんは七星さんでそういう耐性ないのか。なんか意外だ。もっと今時の大学生！って感じなのかと思ってた。中身とファッションが全然合ってないよ。

というかなんですぐこういうこと言っちゃうかなこの人は。天性のすけこましか、多分今までガチめにモテてなくて距離感ガバガバなんだきっと。モテてないっていうのは考えづらいけど、実際今まで女の人の気配すら感じなかったことを考えると、あながち違うとも言い切れない。

むむむと考え込んでしまいそうになるが、取り敢えずちょっと先の発言おかしくねとツッコんだ。あまり会話の流れを止めるのもよろしくないし。

「結局ホイホイ行ってるじゃないですか」

「いや見ろこれ、多分異性から褒められ慣れてないせいであたふたしてんのかわいくないこれ」

「確かにかわいいですけど……」

異性から云々《うんぬん》とかおまいうって感じだが、まあ七星さんがかわいいのは確かなので同意せざるを得ない。というかかわいいって私に言ったこと無いくせに、ぽっと出のかわいい子にはポンポン言っちゃうのおかしくないですか。もっと私にも言ってくださいよー！すねるぞー！

そこで一旦会話が区切れたためか、ふと考えるような仕草の後に腕時計を見た先輩。腕ごと文字盤をこちらにも見せてくる。あー前腕の血管がいい仕事してるー……。

「それよりお前時間大丈夫か？」

「げ、うわーまじかもうこんな時間……」

腕エロいなーなんて思ってない。断じて思ってない。私はちゃんと時計見てた。その証拠に今の時間が休憩時間終わるギリギリだって分かったしもし仮にエロいなとか思ったとしてもそれは健全な女子大生として至極当然の摂理というかなんというか……。

「じゃ、私行きますね。フリーズしてる七星さんにもよろしくです」

いや正直に言いまして今まで先輩のことそういう目で見てこなかったのかと言えば嘘になるけどなんでか今は無性にこの場を立ち去りたい。

なんでだろ、善意に付け込んだ感があるからかな……。

ともあれ、まあ普通に時間も押してるし、私はくるりと踵《きびす》を返すと塾の方に歩きだし

――


「じゃ、夜はその辺の居酒屋でいいよな？」

呼び止められた。

「え？……いいんですか!?」

「まあなんだかんだお前と飲みには行ったことなかったし。あ、もちろん奢《おご》りな」

「何でですか……今回だけですよ」

さっきぽろりとこぼしただけの、誘いともいえないような文句だったけど、ちゃんと覚えてくれてたんだ。……ちょっと嬉《うれ》しい、かな。ふふ、これはポイント高いですよ？　先輩。

いつもみたいにたかってくるのは、ちょっとあれだけど。まあいいです。あー俄然《がぜん》やる気出てきた。この後も頑張るぞー！

「あ、折角だし七星も連れていっていいか？」

「何でですか!?」

うがーと憤慨する。

ポイント低いですよそういうとこー！

まだまだ言いたいことはあったものの、時間がもうないので小走りで塾に戻る。

何だかんだ思うところはありつつ、私の心は弾んでいた。今日は飲むぞー！

☆

「おーい」

「……」

コンビニの喫煙所で気を失っている七星の眼前で手を振ったりしてみるが反応が無い。

七星が石像と化している理由がいまいちよく分からないのでちょっと怖い。俺が褒めそやしたからかもしれないが、にしてもフリーズするなんてそんな……ギャグマンガじゃないんだから。いきなり反応が無くなるもんだから、新手のいじめかと思ったわ。俺をいないものとして扱う的な。

「どうすっかなこれ」

まあいじめとかそういうのではないので、肩を叩くなり揺さぶってみるなりすればいいんだろうが、意識のない女の子に触るのって緊張しちゃうので現実的じゃない。その場のノリで手をつなぐことはできたんだけどなあ、何で今更緊張してんだ俺。さっき七星がどうとか意識してしまったからか？

「う――ん」

七星像の前で腕を組む。

七星と言えば、何か忘れてるような気がしてならないんだよな。なんだっけ？　七星ナナホシななほし……七……今日は七日……。

……あ。今日パチンコ屋のイベント日だったわ。そういえば朝に幸中《こうなか》がそんなことを宣《のたま》っていたのを思い出した。そうか、今日イベント日か……。しかも北野白梅町ってすぐそこだからな……。

長考。

「……仕方ない、置いてくか」

そうなった。ユニコーンで万発当てよう。そんで今日の飲み会奢ろう。七星は、まあ置いて行く。だってほら、女の子って放置すると強くなるんでしょ？　そういうゲーム広告で見た。

☆

俺は大学生なので今パチンコに来ているが、放置して絶賛強化中の七星のところに戻ったほうがいいのではという考えが脳裏をよぎってならない。まだ駐車場だしそんなに時間は経《た》っていない。戻ろうと思えば戻れる。一応ラ◯ンで帰ったという嘘《うそ》しかないメッセージは残してきたが、なんだか段々と忍びなくなってきたな……。そう思うなら最初からすんなという意見もある。

とはいえ、俺は大学生なので金が無い。なし崩し的に今夜飲みに行く流れになってしまった以上、どうにかして飲み代を捻出しなければならないのだ。しかしながら、あと数時間で金を用意するなど土台無理な話。パチンコで当てでもしない限りは。なので女の子を放置してパチンコに来ても仕方のないことなのだ。なのだ！

手持ちにあるのは無くなれば割と命を削る感じの金だが、まあ当たれば問題ない。それにさっきバイトしたので実質バイト代分は回せる計算だし、絶対に使ってはいけない金に手を付けてからが本当の勝負だという、かの文豪の名言もある。何より今日はイベント日。ふっ、なんだ勝ったな。

自動扉を抜け、冷気と喧騒《けんそう》の戦場へと足を踏み入れる。この店は一階にパチンコ台、二階にスロット台があるため、一階の奥へ歩いていく。

数千円だけならスロットの方が効率がいいような気がしないでもないが、あちらはこの間当たってしまって運の下振れが怖かったので、順当にパチンコ台に座った。それに、一パチなので数千円でも十分勝負ができる。

パチンコ屋の女性比率の高さにももう慣れたもの。流石《さすが》学生の街というだけあって、大学生らしき女が多い。皆死んだ目を一層腐らせてハンドルを握っている。世も末だな。

そういえば幸中の奴《やつ》はもう帰っただろうか。流石にこんな時間まで打ってるなんて無いと思うが、まさかの大勝ちしていた場合はいつまでもやってる可能性が大いにある。そんで勝った分を溶かすまでがテンプレ。なんでパチンカスってやめ時が分かんなくなってしまうのん?

幸中の行方は少し気になったが、まあどうでもいいかと思い直してユニコーンに着席。頂上決戦にてフル・フロン〇ルを討伐すべく、ハンドルを握る。可能性の獣!

「き、きたぁぁぁぁぁぁっ!!」

なけなしの千円を投入しようとすると、隣から店内の喧騒を掻《か》き消すレベルの快哉《かいさい》の喚声が聞こえてきた。パチンコ屋ではままあることだ。女の子の声でそう怒鳴られるとちょっとびっくりするのには慣れないが、まあ確変入ったんだろうな、続くといいねくらいにしか思わない。

しかし、いざ俺が打とうとした台の真隣で、しかも同じ機種で大当たり入られるとなんか運が吸われる気がするので、違う台にしよう。

そう思い、台から離れ際に隣のパチンカスをひと目見ようと顔を向ける。

「あ、あぁぁぁぁぁ待ってやめて嘘まだ一回転目でしょぉ!? そ、それでも! それでもぉぉぉおおおぉぉ!!……アッオワッタ」

「………」

知り合いだった。俺は黙って目を逸《そ》らした。

「ひ、平野《ひらの》君んん……」

あっ、くそ目が合った。合ってしまった。

「ひえっ、縋《すが》りついてくんな服伸びちゃうだろ離せ！」

「びえぇぇえぇぇ平野君んん……！」

「……あーもう！　一旦落ち着こ？　一回喫煙所行こ？　な？」

「うぅ……行きますぅ……」

ぐすぐすやってる女を連れて退店する俺が、周囲からどう見られているかはもう考えないことにして、俺たちは外の喫煙所に向かった。

千田麻衣《せんだまい》と俺との関係は浅く、知り合い以外の何物でもない。今日みたいに会った時は「調子どうよ」的な会話はするが、パチンコ屋でしか会わないため今日勝った負けたみたいな話しかしたことない気がする。これはお互いバリバリ意識し合ってる男女が仲を冷やかされたときに出る「もぉ～ほんとに何でもないってぇ～」という照れ隠し的なあれではなく、ガチのやつだ。

その証拠に、互いに名前と年齢、所属している大学以外の情報は持ち合わせていない。あ、吸ってるたばこの銘柄は知ってるか。千田はマイルドセブン……もといメビウスを相

棒としてる。選んだ理由は知らない。多分パッケージがかっこいいからとかそんなん。知ってる情報なんてほんとにこれくらいだ。そもそも互いにそこまで興味が無い。まあ胸はデカいけどな！（興味津々）

ちなみにこれはどうでもいい話だが、マールボロのアイスブラストをメビウスのオプションシリーズの一つだと勘違いしていてキレられたことがある。だってちょっと似てるじゃん……。

「ぐすっ、単発終了なんておかしいよぉ……」

「元気出せよ。また当たり出せばいいじゃん」

「もう手持ちが無い……持ち玉も四百五十発《時短分》しかない……食費もない……」

「……」

どうしようクズ過ぎてなんも言えねえ。

外の喫煙所にて地べたに座り込み、メビウスライトをぐったりと吐き出す様は、そのまま魂まで出て行ってしまうのではと心配になるほどだ。まあ食費までつぎ込んだ博打《ばくち》を外せばそうもなるか。しかもなまじ時短分は引いただけに、彼女のメンタルブレイク加減は推して知るべしである。

というか、この光景すごいデジャヴなんだよな。最初会った時もこんな感じだった気がする。隣でやかましく打つ千田に切れそうになって横向いたら外しててなぜか慰める、みたいな。初対面なのに喫煙所まで付き添って慰める俺が優しすぎる。なんで今までモテてこなかったんだ？　まあ胸がデカくなければほっといてたけど。これが万乳引力の法則か……。七星《ななほし》にも胸があれば付き添っていたのかもしれないとかいう最低な考えがよぎった。

「今日はイベント日だし釘《くぎ》も緩いだろうって思ってたのにぃ……」

「い、一応聞いとくけど、いくら負けたんだ？」

「先月のバイト代ぜんつっぱしたから、七万」

「うわあ……」

「平野君さ……お金貸して」

「うわあ……」

そこまで仲がいいわけではない俺に金を無心し始める限界パチンカスを見て、思わず目を逸らしたくなるが、例えばここで金を貸す代わりに胸の一つでも触らせてくれと言ったらどうなるだろう。

改めて千田を見るが、普通に顔はいいんだよな。胸もデカいし。ウルフカットにブラウンのインナー入っててかっこいいし、オーバーサイズシャツにショートパンツは、控えめに言ってもエロいなと思う。着こなしが自然な雰囲気で似合っているんだよな。ヤニカスでパチンカスな時点で人権無いけど。それでかな、こんなに恋愛感情が湧いてこないのは。

ともあれ、この世界基準で考えるなら「全然いいけど」とか言われそうだし、俺がその立場だったら確実に言う。なのでつい貸してしまいたくなるが、残念ながら金を貸せるだけの余裕は俺には無い。残念ながら！

項垂《うなだ》れる千田を見る。……でっけえな。

……いや待て。新田《にった》との別れ際、俺は何て言った？

確か、「お前の奢《おご》りな」と言い、向こうも了承しなかったっけか。

……あれ？　これ胸触るチャンスでは？

俺が後輩の奢りを当てにすることと、七星を置いて違う女の胸を触るという二重のクズさに目をつぶるなら、これは胸を触れるチャンスではないだろうか。ど、どうするどうしたらいい……？　胸か、良心か……。究極の二択過ぎる……。

「あー……嵐山行ってなければまだワンチャンあったのに……」

俺が性欲と理性の狭間《はざま》で葛藤している横で、千田は盛大にため息をついていた。

特に興味はないので聞き返したりはせず、俺も隣で表情だけは至ってクールに取り繕い、煙を吐き散らかす。

「いや待て今何て言った？」

「んぇ？　嵐山行ってなければ確実に当たってたのにって言ったけど」

嵐山に行っていた。このワードを俺はついさっきも聞いたぞ。しかも、そいつと千田は歳《とし》も大学も同じときている。ワンチャンスが確定事項にさらっと置き換わっていたことには触れず、俺は一旦呵責《かしゃく》は置いて置き、疑問をぶつけてみることにした。

「千田ってさ、七星って奴と知り合いだったりする？」

「あー……うん、友達友達」

なんだ今の間は。知り合い以上友達未満の関係の奴に対する反応だろそれ。もしかしてまだ七星とは関係構築中みたいな感じなのだろうか。

「さっきまで七星と嵐山行ってた？」

「う、うん。ちょっと遊びに」

「さっき七星にも言ったけど、珍しいな。京都住んでて今更嵐山なんて。しかも女同士で」

「あー、それはナンp……んん!!　ナンをね！　美味《おい》しいカレーナンの店があるって聞いたから！」

「お、おう。そうか」

別に俺は尋問などしているつもりはなく、ただ普通に気になったから聞いていただけだ。質問が既に拷問に変わっていたりもしない。

なのに、千田はなぜだか「やっちまった」みたいな驚きとも後悔とも取れる微妙な表情を浮かべている。お前がやっちまったのは財布の中身だけだろ。

「い、一応言っとくけど、希《のぞみ》は最後まで反対してたし、ナンにも一口たりとも口つけてなかったから！」

「そ、そうなんだ」

なんだこいつさっきから変じゃね？……いや元々か。というか七星カレーナン嫌いなら無理やり連れてくなよ。可哀《かわい》そうだろ。もしかしてそれで仲が微妙な感じになったんじゃないだろうな。

俺が要らぬ心配をしている横で、少し落ち着きを取り戻した様子の千田が、長めの煙を吐き出しつつ口を開いた。

「さっき言った、ってことは、希に会ってたってこと？」

「バイト帰りにな。俺のバイト先円町なんだわ」

「あーなるほど、それでスーツ着てたってわけか。てかそれなら希も連れてくればよかったのに。そんで勝ったお金でご飯とか行けばいいじゃん」

「いや、七星は置いてきた。はっきり言って、この戦いにはついてこれそうもない」

「誰がチャオズだよ」

千田はパチンカスだからそんなことを言うが、普通は異性がギャンブルしてんのイメージ悪いんだぞ。新田はともかくとして、七星に対して「この後一緒にパチンコ行こうぜ」なんて言えるか。積み上げてきたと思いたい好感度が地に落ちるわ。

そんなことを言うと、千田はやれやれと煙を吐き出しながら首を横に振った。散乱した紫煙がブレス攻撃みたいになってる。

「平野君さんよ、うちの希を甘く見てもらっちゃ困るぜよ」

「キャラどうしたお前」

「うちの希はね、パチンコ如《ごと》きで愛想つかすような軽い女じゃないってこと。ちなみにこれは本人が言ってたからマジ」

「えっまじ？　すげえ流石《さすが》七星さんだぜ」

「ふふん、そうだろうそうだろう」

まあだからといって今更「俺パチンコするんだよね」とは言えないが。というか何でこいつが偉そうなんだよ。さっきまで有り金スって泣いてたやつとは思えねえよ。

そして、七星がいい子であればあるほど、先ほど放置してしまった罪悪感がむくむくと湧き出てくる。どうしようまだいるかな？　すごく謝りに行きたいんだけど。

じりじりとたばこの火は進んでいき、時間は巻き戻らないことを手の中で示している。

……俺は、煙と一緒に葛藤も吐き出した。

新田の奢りならもうそれにたかろう。そんで千田に金は貸さない。流石にクズの重ねがけはまずい。罪悪感が半端ない。多分罪の重さ的にお年玉でパチンコ行くのと同じレベル。それは流石にだめだ。

最近後輩に奢られてばかりな気がするが、もういい。諦めた。いつか宝払いで返す。一つなぎの大秘宝見つけて海賊王になる。

「じゃ、俺行くわ」

たばこを灰皿に落とし、踵《きびす》を返しながらそう告げる。体は駐車場を向いていた。

「あれ、打ってかないの？」

「ちょっと忘れ物した」

「お金は？」

「貸さない」

「そーかそーか、つまりきみはそういう奴《やつ》だったんだな」

「はいはいエーミールエーミール」

なおも後ろでぐちぐち言ってくるパチンカスは努めて無視して、俺はサイクロン号Ⅱへ向かった。

もちろん向かう先は先のコンビニ。まだいるかは分からんが、何故《なぜ》だか今は無性に罪を雪《そそ》ぎたい気分だった。いたら謝ってセブンスター奢ろう。

☆

あいつはまだ居るだろうか。なんて思いながらアクセルを回す。

なんだか青春映画のワンシーンみたいだな。想《おも》いを寄せる二人がすれ違い、それでも仲直りのために片方がひた走る、みたいな。まあ現実はパチンコに行くために置いてきた女の子の様子を見に行くとかいう、ただのクズがバイク乗ってるだけなんだけど。だって七星がフリーズしちゃってたから仕方ないじゃん……！

そこの交差点を右に入れれば、あのコンビニはすぐである。

喫煙所に彼女の姿はない。流石にもう居ないかなんて思いつつ、あまり広くない駐車場にバイクを停《と》める。まだ俺がここを出てから十分少々とは言え、メッセージを見ていたらこの場を立ち去ってしまうというのは容易に想像がつく。

「そういえば返信とかあったっけ」

そう言いつつスマホをひらく。

これで既読無視されていたら、それはもうお察しである。やっちゃった案件だ。まあ幸いなことに俺はこういったことには慣れているので、三日三晩寝込んだ後数か月引きずるだけで心の傷を治めることができる。慣れているとは。

「あれ。平野《ひらの》君戻ってきたんだ？」

俺がラ○ンのトーク画面を確認するのと、店の自動ドアから七星が姿を現すのはほぼ同時だった。七星に怒っていたり機嫌が悪そうだったりという様子はなく、あくまで普通に聞いてきている声音だよかった……。とはいえ、汗がつうと伝う。焦っているともいう。

やばい戻ってきた理由とか思いつかねえ。パチンコに行ったということはメッセージには書いていないので、多分向こうは俺が普通に帰ったのだと思っているだろう。俺がこの場にいる理由を正直に言ってしまえば、自然とパチンコに行ったことがばれてしまうではないか。

それはまずい。パチンコに行く人間なんて大体碌《ろく》なもんじゃないので、できれば秘密にしておきたい。今でこそ毒されて何とも思わなくなってしまったが、昔の俺なら「パチンコしてる女の子はちょっとな……」ってなるし。いくら七星がパチンカスに寛容だからといって、ほいほいカミングアウトできるはずもない。

「え、あー、まあな！……そ、そう！　家の近所に京都レモネード売ってるコンビニ無くて、それでしぶしぶ戻って来たってワケ！」

「あーなるほど！　美味しいよねあれ」

よかった。苦し紛れのいい訳だったが納得してくれたようだ。

折に触れては飲んでいる京都レモネードとは、期間限定を謳《うた》って全国で販売されているペットボトル飲料であるが、その名前のくせに市内でも売ってるコンビニと売ってないコンビニがある。なんでだよ京都網羅しろよ。

実際我が家の近所では売っていないし、先ほどここで買っていて存在していることは確認済みなので、あながち嘘《うそ》というわけでもなかった。普通にうまいしな。

「そうそう。夏はたばこ吸うのだるいだろ？　そういう時にあの冷たいレモネード飲んで気分をフレッシュにさせるんだよ」

「平野君、大学のとこのコンビニでいつも買ってるもんね」

「あ、ああまあな」

うんうんと七星《ななほし》が同意を返してくれているが、なんで俺がいつも京都レモネード買ってること知ってんだ？　そりゃあさっきは美味しいぞとか言って奢ったけど、普段から飲んでいるみたいな話はしたことは無かったと思うが。あーでも授業の時は毎週同じ飲み物持ってて、別の日でも通りしなに喫煙所にいるの見かけてたら、分かるっちゃあ分かるか。

はえーよく見てるなあ……。

七星とかいう普通の陽キャと絡んでいると、いかに自分が鬱屈した生活をしているのかがよく分かる。多分そうやって観察できるからこそ、友達とかにも好かれるし数も多いのだろう。俺なんて大学入ってからというもの、カスかクズの知り合いしかできんぞ。なんでだよ。

あ、俺自身がクズでカスだからか……。

「そういう七星は何買ったんだよ。たばこ？　たばこ？　それともたばこ？」

「たばこしか買ってないじゃん！　私そんなにヤニカスじゃないよ！……いやまあ買ったのはたばこだけどさ」

特にレジ袋などは持っていなかったし、ヤニカスの七星だし、まあたばこだろうと当たりをつけたが、案の定正解だったみたいだ。

というかヤニカスっていう自覚が無いのか。気付いてないのかもしれないが、今しがた買ったというセッター、もう火が点《つ》いてるんだぞ。無意識でそんな吸ってるなんて、もうセブンスターの申し子だな。是非とも末永くそうであってほしい。

「……な、なんでそんな温かい目を」

「いや七星はヤニカスじゃん」

「ち、違うよ？　だってやめようと思えばいつでもやめれるし……」

「常套句《じょうとうく》じゃんそれ」

「ぐぐぐ……」

まあ七星がヤニカスなのは当然の事実であることは置いておいて、この分なら当初の心配は無用そうだ。よかったよかった。俺も飲むならバイクを置くためにどうせ一旦家に帰らないといけないし、このまま解散でいいかな。

なんて思い、胸をなでおろしつつ解散を口にしようとする。

「平野君は吸ってかないの？」

「もちろん吸うが？」

結論。俺もヤニカス。当然と言わんばかりに隣に並んでピースに火を点けた。

「あれ、なんかそのセッター匂い違くない？」

隣から香ってくる七星のセブンスターだが、いつもと匂いが違うような気がする。なんかすっきりしているというか、ミント系というか。ほんとにセブンスターだよな？

俺が首をかしげていると、七星はああと何かに納得したような表情を浮かべ、先ほど買ったであろうたばこを取り出した。

「これ、メンソールなんだよ。セブンスターの。リニューアル発売って書いてあったから思わず買っちゃった」

そういう七星の手の中には、いつもの白いパッケージとは異なる黒い色をしたセブンスターが握られている。

「へえ、メンソールなんて出たんだ。そんで、どんな味なのそれ？」

リニューアルというだけあって昔からあったみたいだが、俺の周りにそれを吸っている人は当然おらず、どんな味がするのか想像もつかない。そもそもセブンスターも味を覚えるほど吸ってないし。

純粋な俺の疑問に、にこにこ顔の七星が一本吸ってみるかと取り出し……なんでそんな笑顔なの？　むしろキレられることしかしてないけど俺。

「だって、匂いで吸ってるたばこが違うのが分かったんでしょ？　えへへ」

「そりゃ分かるだろ。そこそこ一緒にいるんだからさ」

「それが嬉《うれ》しいんだよー」

俺が匂いを判別できたことが殊更に嬉しいらしく、さっきからずいずいとセッターメンソールを押し付けてきている七星。ちょ、まだ俺ピース吸ってるから！　分かった分かった吸うよ……。

さっきといい今といい、七星って急に機嫌よくなるよなほんと。まあ機嫌なんていいに越したことは無いけどさ。

俺は不承不承ながらピースを灰皿に押し付け、七星から恭しく新しいセブンスターを頂戴した。

「平野君、はい」

「ありがと」

そのままの流れで火も頂戴する。てか火点けるの上手《うま》くなったな……。先端だけいい感じに燃焼してる。たばコミュニケーションの賜物《たまもの》だ。俺？　俺はほら、点けてもらう側だから……。

隣で感想待ちをしているであろうワクワク顔の七星を若干気まずく思いつつ、煙が当たらないように正面に向かって吐き出した。

「……」

どうしようあんまり美味《おい》しくないんだけど。なんかたばこ感とメンソールの感じが釣り合ってないというか。十二ミリだし、そもそも俺がメンソール吸い慣れてないだけかもしれないけど。

ちらと隣を見る。相変わらず七星の顔にはどう?と書いてある。このまま聞いてくることが無ければ、無言でこの場をやり過ごせないかな……。

「どうかな?」

言ったよ。

えーどうしたらいいんだこれ。この感じ、彼女はこのたばこに好印象を持っているのだろうが、馬鹿正直に「あんまり美味しくないかも」なんて言っていいものだろうか。よろしくないだろうなあ。でも実際美味しくないからなあ……。

取《と》り敢《あ》えずまあ待てと、もう一口吸いこんだ。

「ふー……」

うん、微妙……。

俺はそんなことはおくびにも出さず、努めて神妙に味わっている表情を浮かべると、七星の方を向いた。

「なんか、あれだな、セッターのメンソールって感じ! やっぱ夏はメンソだよな!」

「そうだよね! 私これなかなかイケるなーって思ってて、同じセブンスターだしまた新しく出てくれて嬉しいなって」

うお、あぶねえ。やっぱ七星はこのたばこ好感触だったみたいだ。下手に口を滑らさなくてよかったほんと。というか俺のガバガバな感想をよくポジティブに捉えてくれたよ。とは言え、別にこれ以上吸えないほど嫌いなわけでもない。俺は普通に一本吸いきると、今度こそしっかりと七星を見送り、口直しに京都レモネードを買いにコンビニに入って行ったのだった。

☆

家に帰った俺は、早速暇を持て余していた。

新田《にった》のバイトが終わるのが午後八時で、飲むのはその後ということになっている。今はまだ六時ちょっとだから、ほんとにどうしよう。パチンコ行くか？

金が無いのは事実なので一つ勝負に出てもいいっちゃいいが、さっきは折角やめれたんだから、ここで再入場かましたらもう後戻りできないレベルのカスに堕《お》ちてしまうのではという懸念はある。

一瞬「課題」とかいう訳の分からない単語が浮かんだが、意味がよく分からないものだったので速攻で頭の片隅に追いやった。課題？　なにそれおいしいの？　それに期限はまだ先だしセーフセーフ。

「散歩でも行くか……」

夕方に差し掛かったかな、という空模様。気温も日中ほど高くなく、散歩するには丁度いいコンディションといえた。

俺はスマホとたばこだけひっつかむと、ボロアパートから脱出した。

我が家の近所には小高い山があり、神社や公園がその中にある。市内にぽつねんと存するこの山は、付近の住民の憩いの場となっている。早朝にはじいさんばあさんが散歩コースを爆走しているし、午後になれば小学生たちがドッジボールやらかくれんぼやらに興じている。そして夜のとばりが下りた頃には、公園の遊具を使って延々筋トレを始める大学生や、爆音でダンスの特訓をする大学生、そしてあてもなくただ徘徊《はいかい》する大学生など、混沌《こんとん》を極める。ちなみに最後のは俺だ。

昼と夜の差が激しすぎるなここ。というか大学生の不審者率が高すぎる。まあ大学生なんて大体不審だし不穏だし不安定だから仕方ないか。

そんなこの山には、奥まった誰も来ないような場所に、突然ひらけた草原がある。まあ草原と言っても大した大きさではなく、小さな池の周りに芝が広がってるだけのものだ。

俺は静かで一人になれるこの場所が好きで、時折訪れては読書に興じたりたばこをふかしたりしている。

今日は本は持ってきていないので、適当に寝そべりながらピースに火を点けた。

すぐに起き上がった。虫がすげえなここ。とても寝転べるもんじゃねえよこんなの。

「くそ、虫よけスプレーしてくるんだった」

悪態をついて、いい感じの倒木に腰を下ろす。夏の夕方、水場と繁みに覆われたこの場所にやぶ蚊が存在しないはずが無かった。

あ、そうだ。たばこの煙で全身を燻《いぶ》せば虫よけになるんじゃね？　おいおい天才かよ。

さっそくトライだ。俺はすうと多めに煙を吸い込むと、足から順にくまなく全身に吹きかけた。インディアンの間ではたばこは魔除《まよ》けとして使われてたらしいし、これはなんかいい感じな気がする。

これでしばらく時間潰そう。

俺は先ほど寝転がった場所に再度体を横たえると、しばし目をつぶった。


数時間後。


「うわ先輩どうしたんですかその顔」

「めっちゃ腫れてるよ大丈夫？　ムヒ要る？」

「……」

めっちゃ蚊に刺された。全インディアンは俺に謝りに来た方がいい。

「夏の夕方に草むらで寝るとか正気ですか？　そんなの蚊の餌になるに決まってるじゃないですか」

「で、でも煙で燻したし……」

「効くわけないでしょーよそんなの。なんで先輩って偶《たま》にものすごく頭の悪いことしちゃうんですか。しかもムヒ持ってないとか正気の沙汰とは思えないです」

「むむむ……」

出会いがしらに虫刺されの痕で顔中真っ赤になっている俺の顔面をひとしきり笑った後、その事情を聞いた新田が、最初とは一転してこめかみに手をやりながらやれやれとため息を吐《つ》いた。

ちなみに七星《ななほし》は集合場所とした例のコンビニから家が近いためムヒを取ってくると言い、一旦この場を離れている。七星マジ天使。

例によって俺たちのバイト先から程近いため、たばこをふかしているのは俺一人だが、何か普段より三割増しくらいで新田の圧が強めなのは、きっとたばこを吸えていないせいだろう。こいつも家近いんだから着替えがてら吸ってくればよかったのに、と言うのはやめておいた。火に油だし。まあ新田怒ってるわけじゃないけど。

そしてこれまた例によって店は七星が予約を取ってくれている。彼女にとっては普段行く店だし勝手知ったるからだろうが、俺の何もしてなさと言ったらやばい。俺から誘ったくせに、したことと言えば七星を置き去りにしてパチンコ行ったことくらいだからね。しかも新田の奢《おご》りを期待してるというカス振りだ。申し訳なさ過ぎて帰りたいレベル。

まあ、俺の金欠具合と言ったら大学生の模範たるべき度合いなのは周知の事実ではあるので、ここは潔く奢られるムーブかましとこう。俺の方が先輩？　関係ないね。プライドで飯は食えないのだ。俺はいざとなったら土下座も辞さない男なのである。

「今日はゴチになります新田さん！　あざっす！　ウッス！」

「めんどくさい先輩ですねほんと……。まあいいですよ、こないだ勝ったお金あるし懐は暖かいので。仕方ないので奢ってあげます」

「あざーっす！　さすが新田さん、俺にできないことを平然とやってのける！」

「はいはいしびれる憧れる」

感謝の気持ちは本物だが、奢らないとか言われても俺には金が無いのでそうなれば普通に帰るしかなくなるところだった。よかった新田がこないだパチンコで勝ってくれてて。

「あ、でも」

俺が顔をぽりぽり掻《か》きながら新田になむなむと拝んでいると、思い出したというような言い方で新田が口を開いた。

「……私以外にそういうことしちゃだめですよ？」

まるで自分にならいくらでもしていいというような口ぶりだが、言われるまでもなくこ

んなこと他にしない。いや新田相手でも滅多なことがなければしないし。

　そもそも、基本的に女との絡みが無い俺に他に相手がいるべくもない。まあクズの幸中《こうなか》たちには平気でするしされるが、七星相手にこんなことできるはずがないし。あ。そういやさっき千田《せんだ》に無心されたか。あれほんと好感度急降下すると実感したので、今後は尚更《なおさら》しないいな。

　なんて思いつつ、了承の意を真面目に伝えるのもどうかと思い何となく茶化したくなってしまう。

「じゃあ今後はどんどん新田にたかっていくな、よろしく！」

「なんでそうなるんですかー！」

　むきーと憤慨する新田を適当にあしらっていると、彼女はしばしの逡巡《しゅんじゅん》の後、一転して真面目なトーンになって聞いてくる。

「あの。先輩って、七星さんのことどう思ってます？」

「昼も言わんかったっけ？　友達だよ友達」

「……ほんとですか？」

「ほんとですかってなんだよ」

　いつにない新田の真剣な視線に、思わず顔を逸《そ》らしてしまう。思えば、現状について俺は今まで深く考えてこなかった。顧みるいい機会なのかもしれない。

まず、少なくとも七星が友達であるというのは疑いようのない事実だろう。それに、間違いなく俺は彼女を意識してしまっているし、かわいいなと感じることも多い。逆転した世界で初めて向こうから声を掛けられて、その後すぐに性消費されたりせず、むしろ彼女の方が初々しいときている。これで意識するなという方が難しい。

ただ、だからこそ俺は猜疑《さいぎ》の目を向けざるを得なくなってしまうというか。

それは、世界がもし元に戻ったら、七星は俺への興味を無くしてしまうのではないかという疑問、猜疑であり、憂慮であり、恐怖。今現在の彼女からの好意は、あくまで男女の貞操観念が入れ替わったことによる、偶然の産物なのではという不安が隣り合わせにある。

これは七星に限らず、逆転していると気付いたあの日以降俺に近づいてくる女すべてに言えることで、それは本物なのかと、真実の感情なのかと、俺は世界で誰にも共有できない孤独の猜疑心を抱き続けている。

それ以前から付き合いのある人間には信頼がおけることになるが……。

「な、なんですかそんなじっと見ないでください通報しますよ」

「うっせ、なんでもねーよ」

俺が少し黙り込んでしまったためか、心配そうな表情ながらもそう軽口をたたく新田の様子に、ふっと微笑《ほほえ》んでから俺は深く煙を吐き出した。考え事をするとたばこの消費が早い。

新田はかわいい後輩だ。現状それ以上の感情はない。ずっと一緒に居ても楽しいだろうが、例えば新田莉生《りお》に性的な目を向けられるかと尋ねられた時に、俺は首を縦に振れる自信がない。そしてそれは、七星希《のぞみ》にも同じことが言えた。

だって……。

俺は新田の体のある部分を一瞥《いちべつ》する。

「ふっ……」

先ほどと同じように微笑んだ。

「なんか今、目の前の男を殴っていいって誰かに言われた気がするんですけど」

「何のことやら」

やはり俺は巨乳しか愛せる自信がない。そういう結論に至った。

「お待たせー。はいこれ」

と、折よく今度は誰が見てもちゃんと小走りの七星が戻ってきた。そのままムヒを差し出してくる。あ、液体タイプの奴《やつ》ね。

俺はたばこを灰皿に押し付け、礼を言ってから受け取る。

「サンキュー七星。使った後はちゃんと洗って返すから」

「ムヒを!?」

ぽんとキャップを外し、顔中に塗りたくった。

「あ、そんな無差別に塗ってたら……」

「あーあ」

そんな俺の様子を見ていた二人があちゃーという目線を向けてくる。

……何か俺、やっちゃいました？

「なんだよ……あ、あれ？　なんか顔がすげえ痛いんですけど。かゆいのは止まったけど目の周りとかヒリヒリしてきたんですけど!!」

「「あーあ」」

粘膜にムヒが浸透してしまい、俺がしばらく悶《もだ》えたのはまた別のお話。

☆

「取《と》り敢《あ》えず生かなー」

「じゃあ俺も」

「私はハイボールにします」

「おっけ、生二つにハイボールっと」

注文用のタッチパネルに、七星が慣れた手つきでオーダーを通していく。食べ物類はお通しが来てからとのことで、各自最初のドリンクを決めたところだ。ちなみにこの店は前の烏貴族《からすきぞく》とは違い全席禁煙とのことで、恐らく新田《にった》のストレスゲージが上昇したことは想像に難くない。ちょっと見たら、店舗によって喫煙席があったりなかったりするんだそうな。まあ席は禁煙だが、店の軒先には灰皿が設置してあるので、きっと俺たちは都度そこに通うことになるだろう。

「前も平野《ひらの》君ビールだったよねー。結構好きなの？」

「いやあんまり。取り敢えず生って言いたいから頼んだ」

「ミーハーだね……」

ちなみに席順は、奥に七星、手前に俺と新田が座った。まあ関係性を考えれば妥当なところだ。きっと新田はバカスカたばこを吸いたいはずなので、通路側にしたのも俺のさり気無い気遣いの賜物《たまもの》である。誰かもっと褒めて。

「結構お二人で飲み行ったりしてたんですか？」

「まだ数回くらいだよ。新田ちゃんはどうなの？」

「私はこの人とは付き合い長いんで結構ご飯とか行きますね。あ、こないだも先輩のバイクでラーメン屋行きました！」

「へー……まあそれは知ってたけど」

「あそこ味と値段はいいんですよねー。接客はクソだけど」

「へえ、そうなんだ。私も行ってみたいな」

「あ、じゃあ場所教えますよ！　ラ〇ン交換しましょ」

「いいよー！　じゃあQR出すね」

どうしよう早速俺抜きで会話が弾んでらっしゃる。なんでだ初手で置いてかれたぞ。しかもうラ〇ンを交換だと……。いくら同性とはいえ、このスピード感は尋常じゃない。恐ろしく速い連絡先交換、俺でなきゃ見逃しちゃうね。俺なんて同性の幸中でさえ連絡先交換すんの三回遊んでからだったぞ。

陽キャの真髄に打ち震える俺は、通路側を新田に譲ったことを早速後悔し始めていた。俺が外側に居たら自然とたばこ吸いに外に逃げられたのに……！

「ね、平野君はラーメン好きなの？」

「うぇ、あ、ああ好きだな」

しまった構えてなさ過ぎて折角のパスを受けきれなかった。

「お待たせしましたー生二つとハイボール、あとこちらお通しでっす」

が、折よく注文したものが運ばれてきた。ナイスだ店員、俺の口籠もった感じがいい具合に誤魔化された。愛想を振りまく男子大学生の図はいまいち慣れないが、あの店員には陰ながら感謝だ。

「取り敢えず乾杯しよっか」

乾杯の発声の後に、きん、とグラスがぶつかる小気味いい音が響く。

「っぷはーッ」

「おお！　先輩いける口……って全然減ってないし！」

「何を言う。ビールがうまいのは泡だけだろ。最初はそれを味わうんだよ」

「泡しか飲んでないんですか……。見てくださいよ、七星《ななほし》さんなんかもう空ですよ空」

「っはー！　これだね！」

そう言うと七星はぐいと口元を拭い、どんと豪快に空になったジョッキを置いた。その様は俺のような酒よわよわ人間からしたら流石《さすが》の一言で、しかし彼女のイメージとは異なるものだった。

あ、あれ。前はもっとおしとやかな感じで飲んでたんだけどな……。おかしいな、ここがホームだからか……？

「流石だなやっぱ……」

「わ、私もそこそこ強いんですよー？」

そう言ってなぜか新田もぐいとハイボールを飲み干した。おいおいまじか。俺の周り酒豪多すぎないか？　てかこれ俺も飲み干す流れ……？

どん、とジョッキの音が響き、俺たちの前には空になったジョッキが三つ並んだ。

うわあやっちまったよ。これ今はいいけど後々来るんだよな……。

俺の体とビールってやつはどうやら相性が悪いらしく、一、二杯でつぶれてしまうのだ。

すきっ腹に入れてしまったこともあり、この後の頭痛からの眠気は必至である。七星と初めて飲みに行った時もちょっと後悔したというのに、学ばねえな俺。

「話戻るけどさ、ラーメン好きなのって、男の子なのに珍しいよね。バイクとかもそうだし。あ、食べたいものあったら言ってね」

「その自覚はある。まあ好きなもんは仕方ないけどな。あ、俺キャベツ盛りで」

最早《もはや》オーダー奉行と化した七星がタッチパネル片手にそう聞いてくる。

男女が入れ替わってるんだから、もともと俺が好きだったものがこっちでは女が好きそうなものになってるのだ。俺は俺のままなので、それは仕方のないこと。前の世界換算でいくと、俺は男のロマンが分かる系ダウナーお姉さんというニッチな属性ということになってしまうが、果たして俺がこの世界でモテモテにならない理由はそこなのだろうか。

いや顔面的な問題ではない、と思いたいのでそうに決まっている。絶対そう。

「私は、ねぎまのタレと塩お願いしまーす」

「了解っ……と」

そういえば何の違和感もなく俺だけが前の世界の価値観を持っていると思い込んでいるが、他に同じような奴が居てもおかしくないよな……。会沢《あいざわ》にも聞いてみるか……？

なんて一人ちょっとシリアスなことを考えこんでいると、顔が上気している新田がどんと肘で小突いてくる。心なしか目もちょっと据わっている。え、まさかもう酔った……？

「ちょっと先輩！　無料のキャベツなんて頼んで、なーに遠慮してるんですか！　へたっぴですよ欲望の解放のさせ方が！　先輩が本当に欲しいのは、こっちでしょ？」

そう言いつつ、タッチパネルのハツを指さす。なんでこいつ俺の好きなメニュー知ってんだよ。

「これを肴《さかな》に梅酒をいっぱいやりたい……でしょ？　でもそれだと値が張るから、こっちのしょぼいキャベツ盛りでごまかそうって言うんです！」

「いや俺これ普通に好きだから……」

「先輩！　駄目なんですよ……！　そういうのが実にダメ！　その妥協は痛ましすぎる……！　先輩、折角の奢《おご》りなんですから、小出しはだめです！　違いますか!?」

だめだこいつ酔うと大槻《おおつき》班長みてえになりやがる。知らなかったぞこんな厄介な特性あったなんて。ほら七星もぽかーんてしてるし。

取り敢えずスニッカーズでも食わせておきたいところだが、生憎《あいにく》そんなものはないし、まあ折角こう言ってくれてるんだしと、俺は言われた通り梅酒とハツを頼むことにした。

「分かった分かった。これでいいか？」

「人の金で食う焼き鳥は美味《うま》いかー？」

「うわこいつめんどくせえ……」

そういえば、俺たちが飲み散らかしているこの鳥貴族は店舗が地下に存在しており、外界に出るには階段を使って地上に上がる必要がある。喫煙所も上ったところにあるため、たばこを吸うためにはアルコールとヤニで侵食された体をひいこら言わせて階段昇降をしないといけなかった。

まあ重度のヤニカスである俺たちがその程度の障害で喫煙を諦めるはずもなく、今は三人並んでポール型の灰皿を囲っている。

ちなみに店を出たここは大通りに面しているため普通に人の目がある。繁華街のまるで隔離施設と言わんばかりの喫煙所を思えば、ほんの少し郊外というだけでこの有様なのだから、喫煙者蔑視もなんだかなあという感じだ。

各々のたばこに火を点《つ》け、煙をくゆらせながら会話に花を咲かせる。

「へー、新田ちゃんわかば吸うんだ。結構重いでしょそれ？」

「普段はしんせいですよ！　なんかタール多いのがたばこ吸ってる感じがして好きで」

「しんせい！　すご……」

「あ、七星さんはセブンスターなんですね！　大学生って感じ」

「あはは、確かに。まあ名前が名前だからさ、これしかないーって。他のも吸ったことあるけど、やっぱりセッターが好きかな」

「もう名前がセブンスター吸うために生まれてきた感じですよね」

「まちがいないね！」

初手で俺にその花が咲かないのはもはや当たり前の光景である。もう慣れたものだ。今はたばこに逃げられるし、俺なんて適当に話聞いてる風に相槌《あいづち》打って、いい感じのとこで愛想笑いしておけばいいのだ。俺の存在意義なんてそんなもん……何だ俺アルコール回ったせいかバッド入ってるぞ。いやデフォルトか。

ちなみに大槻班長化していた新田は、水を飲ませて焼き鳥食わせたら元に戻った。アルコールが残っている感じもなく、会話も明瞭にしているところを見るに、宣言通り酒には強いのだろう。というかリカバリー能力高すぎだろ。何で水飲んで焼き鳥食っただけでアルコール抜けるんだよ。

「私よく言われるんだけどさ、たばこ吸ってるのが意外だって」

「あー分かりますよ。七星さんなんか真面目そうだし」

「やっぱそう見える？　大学デビューしてみたけど、やっぱ根が真面目なんだよね、根が！」

「自分で言うんですかそれ」

「あはは。そうだ、平野君はずっとピースなの？　他の吸ったりしない？」

俺が喋《しゃべ》らな過ぎて、自分でも俺って存在していいのかななんて考えていた折に、七星がそう問いかけてきた。よかった、俺にもまだ人権はあったんだ。というか、この状況を前世換算すると男二人に女一人で女は全然喋らないという、気を使ってしょうがない状態だ

と今更ながら気づいた。こりゃいかん。俺ももっと喋りたいぞ、どう喋ったらいいか分からんだけで。

どうにかこうにか俺も会話に参加しなければならないようだな……温めに温めた俺の会話デッキが火を吹くぜ！

「そうだな、他のはあんま吸ったことない」

「へえー」

「そうなんですね」

……。

おいどうした俺の会話デッキ!?　火を吹くどころか一帯を焼け野原にしてしまったじゃないか！　初手エクゾデ○ア揃《そろ》ったのかと疑うレベルで会話が終わってしまったぞ！　コミュ障にも程があるだろ！

……い、いやまだだ。俺とて楽しく会話を楽しみたいという気概は持ち合わせている。一対一の時は問題なく喋れるのだから、同じようなマインドでいけばいいはずだ！　取《と》り敢《あ》えずここは一発芸でもして場を和ませてだな……！

「ずっと気になってたんですけど、先輩ってどうしてたばこ始めたんですか？　友達とか？」

「あ、それ私も聞きたい。男の子でたばこ吸うの珍しいし」

新田《にった》のナイスフォローに涙を禁じ得ない。流石俺の後輩だ。今度何か奢る。

しかし、俺がたばこ始めたきっかけなんて大したものじゃない。別に面白い話でもないし。まあ隠すようなことじゃないので全然言うが。

「あー、最初は無理矢理だったんだよ、先輩に吸わされたというか」

「え、ヤニハラですか?」

「ま、今考えるとそうだけど。でも、そん時はちょっと嬉《うれ》しかったんだよな。その先輩ちょっと有名だったからさ、そんな人と秘密の共有って感じがしてて。あとなんか優越感というか、周りとは違うぞって感じもあった」

当時を思い出すと今でも布団の中で悶《もだ》えたくなる。なかなかどうして俺はすれた人生を送ってきたのだ。恥の多い生涯を送ってきましたよ、マジで。人間失格さながらである。反骨精神というか、周りのやることなすこと全てに対抗心を持っていた気がする。陽キャやキャッキャウフフして青春を謳歌《おうか》している奴《やつ》らを内心見下していたんだ。今思えば、単なる高二病ともいえる「よくあること」なのかもしれないけど。

あの人にたばこを教えられてからというもの、それらがただの羨望や負け惜しみだと気付かされた。

そういう意味で、あの先輩には感謝すらしている。思い返せば普通にクズ人間だったけど。……もしかすると俺のクズさはあの人由来なのかもしれないとすら思えてきた。なんだそれ嫌すぎる。一刻も早く決別したいまである。

「……平野《ひらの》君それってもしかして」

「あ、七星駄目だぞそれ以上は」

俺がたばこを始めたのがいつだったかなんて掘り下げなくていい話だ。それに、世界が変わったので無効という見方もある。ノーカンだノーカン！　ノーカウント！　ノーカウントなんだっ……！　この話はっ……！

「まあまあ、先輩が非行少年だった話はいつか聞くとして、なんかいいですね、先輩後輩でそういう感じの」

「分かる！　薔薇《ばら》の花が咲く的なね～」

「え、薔薇？」

「……アッ」

「え、ちょ、七星さん!?　どうしたんですか膝から崩れ落ちて!?」

百合《ゆり》の花が咲く的なことを言ったのであろう七星が、サブカル知識に乏しい新田の純粋な聞き返しに充てられて死んだ。その気持ちは大いに分かるが、そんなネタを当人の俺の前でやるのはちょっとポイント低いぞ七星さん。前世換算で、女の前でそういう意味の百合がどうとか言うのはよろしくないことの実体験ができてしまった。

思わず俺はそんなことしてなかっただろうかと記憶を手繰ったが、新田以外にまともな知り合いがいなかったのでそんな心配は無用だった。

たった今地雷系ファッションの女がメンタルブレイクしたように、これ以上この話をするのは地雷でしかない。そもそもその先輩が同性だって言ってないしな。

ちょうど一本吸いきったし、あまり席を空けるのもよくないだろうし、焼き鳥も食べたいし早く戻ろう。

「おーい七星《ななほし》起きろー。さっさと戻って飲みなおそうぜ、今日は新田の奢りなんだぞー」

「そうですよー早くいきましょー……って私全員分奢るなんて言ってませんけど!?」

「うーん……奢り……？　なら行くぅ……」

「ちょっと七星さん!?」

結局新田の奢りということになった、まる。

☆

「さっきの話の続きだけどさ、新田ちゃんはどうしてたばこ吸い始めたの？」

喫煙所から席に戻るや否や、七星は興味深そうにそう問いかけた。

さっきは流れで新田が全部奢るみたいになったものの、会計の時には七星はちゃんと自分の分は払うのだろう。だっていい子だし。俺はそもそも自分で払える分しか頼んでない。

さっきからキャベツ盛りで粘っているのだ。これが意外にイケる。キャベツ盛りを無料で提供することを決めた烏貴族《からすきぞく》の経営陣に敬礼。

七星にそう訊《たず》ねられた新田は、目をぱちくりと瞬かせ、何故《なぜ》か俺の方を指さし言った。

「あ、それはこの人のせいですね」

「「ええ!?」」

その発言に、俺と七星の驚愕《きようがく》の声が重なる。

「ってなんで平野君も驚いてるの！」

「だって今初めて聞いたし！」

「ええ……？」

「やっぱり先輩って頭フロッピーですよね」

酷《ひど》い言われようだが、新田の反応を見るにきっと嘘《うそ》ではないのだろう。そもそも、新田は冗談は言っても嘘は吐《つ》いたりしない。つまり俺が忘れているだけと言える。俺っていつもそうですよね……！　新田のこと何だと思ってるんですか!?

「あ、あれ？　新田って初めてうちの塾来た時にはもう吸ってたイメージなんだけど……。なんなら初出勤もたばこふかしながらダイナミックエントリーしてきてなかったっけ？」

「私のこと何だと思ってるんですか!?」

「ま、まあまあ……」

摑《つか》みかかってきそうな剣幕の新田を、どうどうと七星がたしなめる。

「えと、じゃあ、新田ちゃんは平野君にたばこ教えてもらったってことでオーケー？」

「まあ……不本意ながら」

「い、いいなー！　私も憧れの先輩とかにたばこ教えてもらいたかったよー！」

「べ、べつに憧れってわけでは……。それに、この人が覚えてないこと知ってましたし」

「それでもだよ！　私なんかほんとに普通のきっかけだったからさー」

「七星さんはどうして吸い始めたんですか？」

「私はねー……」

七星がフォローしてくれているので、俺は余計な一言を挟まないように隅っこで大人しくしつつ、新田との過去を思い返していた。

そもそも一番最初に新田と会ったのは、俺たちのバイト先だ。大学も違うので当然と言えば当然なのだが。明らかに陽の者である彼女とは、当時あまり親しくなかったように記憶している。それが今のように遠慮なしに突っかかってくるようになったきっかけって、何だったか。

……。

…………。

……………。

そうか、たばこだ。

「思い出した。あのコンビニで俺が言ったんだよな、吸ってみるかって」

「――っ、はあ、ようやく思い出したんですか」

「え？　え？　なにが？」

いや七星まじごめん分かんないよな。分かる分かる。分かんないの分かる。

新田は俺の言葉に、ふっと破顔すると、続きを促すように押し黙った。七星も、何かを察したのか緊張の面持ちで二の句を待っているように見える。

……え？　なんでこんないい雰囲気なシリアス感出てるの？　俺がただ記憶思い出しただけなんだけど。喉の奥の魚の骨取れたくらいのイメージだったんだけど。いや確かに二人の会話に割って入るようになっちゃったのは申し訳なく思ってるけど。

続き話すの恥ずかしいぞこれ。なんで俺に話すの促してんだよ。七星は何を察したんだ、黙らないでくれ。遠慮なくガールズトークしててくれていいよ。

「……」

「……」

視線が痛い……。あー結局過去編突入してしまうのか……。

俺は梅酒のソーダ割りを一口舐《な》めると、ため息交じりに滔々《とうとう》と語り始めた。

あれは確か、まだ桜がちらほら残ってたくらいの時分。うちの個別指導塾にも新田をはじめとした新しいバイト仲間が増え、俺に授業中は内職をしておくべしと嘯《うそぶ》いた先輩が卒業していった時期。付け加えるなら、まだ世界が正常であった頃。

当時まだ新田とは今ほど仲がよかったわけではなく、知り合い程度の付き合いだった。バイト先の異性の後輩なんて、大体そんなもんだろう。うちの塾、バイト同士で飲み会とか無いし。俺が誘われてないだけという可能性はある。

そんな折に、いつものようにバイト終わりだから、二十二時ちょいすぎくらいだろうか。その日も俺は、あのコンビニで帰っていく同僚の視線に耐えつつたばこを吸っていた。一本吸い終わり、そろそろ帰るかと自転車のカギを取り出すためにポケットの中をまさぐっていた時、見慣れないたばこを発見したんだ。別に俺のポケットが四次元に通じてるわけではない。叩《たた》いたら増えたりもしない。バイトが始まる前に、向かいのパチンコ屋で隣に座ってた爺《じい》さんから貰《もら》ったものだ。多分、バイトの時間になってしまい、計測外の出玉をあげちゃったとかそんな理由だったと思う。

そのたばこは、「しんせい」という名前だった。

コンビニで売っているのはあまり見かけた覚えはなく、後で調べたら現在の在庫が無くなり次第販売終了という、ちょっとレアなものだった。

まあ折角だし吸ってみるかと、一本取り出してしげしげと眺めていた時だった。

「平野先輩って、いつもここでたばこ吸ってますよね」

最後まで残って保護者用の報告書を書いていた新田だった。

円町駅周辺は、丸太町通と西大路通が交差していることもあり交通量も多く、そこそこ栄えているのだが、飲み屋の数は多くない。二十二時を過ぎた今の時間は、人通りもまばらで、昼間の喧騒《けんそう》とは打って変わって物悲しい雰囲気すらある。

コンビニと街灯の灯《あか》りに照らされながら、新田は少し疲れた様子でそこに立っていた。

「吸ってみるか？」

今思えば、真っ当なあの時の世界で、男が年下の女にたばこを勧めるのはコミュニケーション的にも　モラル的にも最悪だったなと思う。退廃的なポストアポカリプスであったら多少は格好が付いたかもしれないが、現状は目の死んだ男が後輩の女にたばこを差し出しているという、不健全でインモラルなだけだった。不健全でインモラルってちょっと卑《ひ》猥《わい》だな……。

新田はしばしポカンとした表情を浮かべていたが、次の瞬間には俺の手からしんせいを一本抜き取っていて、こう宣《のたま》った。

「火、貸してください、平野先輩……なんでそっちが驚くんですか」

「いや、まさかほんとに吸うとは思わなくて」

そう言いつつ、俺はジッポを手渡した。新田の中でどんな心境があったにせよ、「女の子なんだから吸うな」みたいにジェンダー観を押しつけて否定するつもりはなかった。俺が提案し、彼女が承諾した。それだけのことだ。

新田《にった》はジッポの扱いを心得ていたのか、ぎこちないながらも一人でするするとフリントホイールを擦《こす》って火を点《つ》けていた。

「先端を火に入れたら、軽く吸う。軽くな、むせるから」

「兄も喫煙者なので何となく知ってます」

「あ、そうなの」

しんせいのタール量って確か二十数ミリだったし、最初にそんなものを吸えば相当にむせるだろうと、俺は高を括《くく》っていた。それで、これに懲りてたばこを吸おうなんて思わなくなるとも。

「軽く吸ったら、それを深呼吸するみたいに肺に入れてみ」

「すー……」

「……吐いて」

「はぁー……」

ヨガ教室じゃないんだぞ。普通に肺に入れたし何事もなく吐いたし。何でむせねえんだよこいつ。実はもう既にバリバリのヤニカスだったりしない？　初心者だと思ってる奴《やつ》にたばこの吸い方レクチャーする俺を見て、陰であざ笑ってたりしないの？

「へえ、なんかこう、脳にガツンとくる感じ。いいですね」

どうしようこの子、初手でたばこの良さ分かっちゃったよ。天性のヤニカスだよ。普通何度もむせながら良さが分かって依存してくもんだよそれ。

なんだこれ。何だこの感覚。それまで部で最強で粋がってた二年生が、一年生の天才にプライドずたずたにされるみたいなこの感じ。いや粋がってたわけではないけどさ。

「……そうだろ」

悔しかったのでしんせいは全部新田にあげた。レアもんだぞって言ったら思いの外喜んでて、ちょっと悔しさが薄れた。

「とまあ、こんな感じで新田との関わりが増えていき、お互いのシフトが被《かぶ》り、新田が最後まで残ってた日は二人してたばこをふかして駄弁《だべ》る、ってのが恒例になってな。そっからだな、今みたいな関係に落ち着いたのは」

大分大雑把に語ったが、大体こんな流れだったと記憶している。というか、新田が不機嫌になるのも納得だわこれ。自分にたばこ教えた奴がさっぱりそのことを覚えてなかったら、俺なら殴る。

「へえー……！　なんかいいなあ、いいなあ……」

「いや待ってくださいよ！　私と先輩のファーストコンタクトの大事な大事なアイテムで

あるしんせいって、パチンコ屋の知らないおじいさんから貰ったやつだったんですか!? 先輩にとって思い入れのあるたばことかじゃなく!?」

七星《ななほし》のぼそりと発せられた声は、新田の気炎にかき消された。何だよこいついつもキレてんな。俺のたばこ遍歴なんて、各種ピースとこないだのセッターだけだ。ほら、俺って一途《いちず》だから。

「なんか感慨深げに眺めてたから、絶対思い入れのあるやつだと思ってたのに……!」

「なんならしんせい一回も吸ったことないわ。どんな味すんの?」

「今すぐ吸えよこんちきしょー!」

そのまま俺は新田に引きずられるようにずるずると喫煙所まで引っ張られていく。その後を、七星が苦笑いとも不機嫌とも言えないような顔でついてきていた。

彼女が何を思ったかなんて、俺には知る由もなかった。

SEIRA AKAZAWA

名前

赤澤　聖楽

職業

大学生

身長

162cm

好きなもの

たばこ、本

吸っているたばこ

ラーク・KS・ボックス

MAI SENDA

名前

千田　麻衣

職業

大学生

身長

160cm

好きなもの

たばこ、パチンコ、スロット

吸っているたばこ

メビウス

第四章　働くお姉さま!!

突然だが、俺の朝のルーティンを紹介したい。それは、起き抜けにコーヒーを淹《い》れ、ベランダに設置してある、ゴミ捨て場から拾ってきたウッドチェアに腰かけてコーヒー片手にたばこを吸うことである。夏は氷を入れてアイスコーヒーにするし、冬はそのままホットで飲む。まあ朝であることは稀《まれ》だし、授業がある時はバタバタしてて、しないことも多いけど。

我が家は知り合いのカス共の家とは異なり市内の奥まった静かなところにあるため、こうして優雅な朝を迎えることができるのだ。

ぱちり、とはとても言えないような目覚めだった。二日酔い特有の倦怠感《けんたいかん》と不快感。ともすれば違和感というか異物感……？　言い知れない気分だ。

とはいえ今日も今日とて布団から這《は》い出し、お湯でも沸かすかとキッチンに向かう。

「……あぇ？　やかんがない」

俺はコンロの上にやかんを置きっぱなしにしているのが常であり、まずそれが無いことに不信感を抱く。

あたりを見まわす。

やかんとかキッチンというか、ここ俺の部屋じゃなくね?

だんだんと意識が覚醒してくる。

「……頭いた」

二日酔いによる頭痛。

そして、昨日七星、新田と飲んでいたことを思い出した。確か烏貴族《からすきぞく》で俺は限界がきて離脱して、二人はカラオケ行くとか言って別れたんだっけ……。どちらも送ってくれようとしたが、べろべろになった俺は女に家ついてきてもらうの恥ずかしいとか思って断ったような気がする。その後の記憶が全く無い。どうやって家に帰ってきた? いやここ俺の家じゃないっぽいけど。

「………ここどこだ?」

妙に広くて身に覚えのない部屋。知らない部屋、知らない壁、知らない家具の配置。知らないことだらけのこの部屋は、起き抜けの違和感を如実に示している。

「あ、あれやらなきゃ」

いまだ少し痛む頭をなんとか働かせ最初に思ったのは、こういうシチュエーションに陥った時にしなければいけないだろうと、常日頃から脳内シミュレーションしていたあれだった。よかった……俺が日々学校にテロリスト来た時のこと妄想しちゃうタイプの痛い奴で。そうじゃなかったらこうも冷静になれんぞ全く……。いや冷静なのかは知らんけどさ。

俺はもぞもぞとベッドに戻ると、仰向《あおむ》けに寝転がって上を見つめた。

「……知らない天井だ。よし完璧」

「何が完璧なんです？」

「……え？」

横から声が掛かった。

「……え？」

「昨夜は激しかったですね……えへ」

知らない女の人がそうはにかんだ。

「…………え？」

☆

一方、数時間前の七星、新田。

「平野《ひらの》君一人で帰れたかな？　相当酔ってたし、ちょっと心配」

「ま、先輩のことですし大丈夫ですよ」

「そうだといいけど。変な女に引っかかってないかな……」

「そんなエロ同人みたいなことないですよー」

とは言うものの、お互いやはり家まで付いていくべきだったと後悔していた。別れ際の和《まどか》は「一人で帰れる」と言うから強く出られず、また互いに牽制《けんせい》し合った結果、酔っ払った男を一人で帰すという処女みたいな対応になってしまった。七星も新田も、北野白梅町には一軒ラブホテルがあることは知っていながらも、流石《さすが》に「ホテルで休んで行こう」とは言い出せなかった。二人は処女であった。

と、個室のスピーカーから二人に聞き馴染《きなじ》みがあったイントロが流れてくる。

「さあ七星さん、いきますよ！」

「えっ、あっ、うん！」

「上々友情！」

「万事まじ快調！」

七星、新田の夜は仲と共に深まっていく。

☆

ずざざ、と壁際まで走り寄った。一気に意識が覚醒する。

なんだこれ何だこの人！　というかここ、この人の家か!?

疑念のもと部屋の中を見れば、そうとしか思えなくなってくる。いや確実にそう。だってうちのオンボロアパートこんな綺麗《きれい》じゃないし！　こんなでっけえテレビとか小洒落《こじゃれ》た間接照明なんてないし！

というか待て、さっきこの人なんて言った？「昨夜は激しかったですね？」だと？それってつまりあれか、つまりそういうことか？　知らない女と激しくランバダ踊る趣味なんてないし、もしかしてライン越えちゃったのか俺？　初めてを？　知らない女と？好きでもない人と……？

と、先ほどからベッドに寝そべる女を見た。

生憎《あいにく》その体は布団に隠れて見えないが、少し明るめの黒髪を下ろしており、幸薄そうだが目鼻立ちがすらっと通っていて普通に美人だ。

……美人だ。

考え込む。

え、普通に美人じゃねえかよ。なんか絶望感薄れたぞおい。しかも年上っぽいし。むしろちょっと嬉《うれ》しいまであるぞこれ。行為の記憶が全然ないのが残念とすら思えてきたぞこれ！

駄目だ、このシチュエーションが特殊過ぎてどうしたらいいのか全く分からん。普段痛い妄想をする俺をもってしても分からん。

一旦落ち着くためたばこでも吸おうと、ポケットをまさぐる。

……あれ?　ポケット?

見ると、俺は昨夜の格好のままだった。脱がされた形跡もなく、汗をかいた不快感も感じられない。そういうことをすれば、当然服は脱ぐわけで、汗もかくわけで……。

するとつまりあれか、何もなかった、のか……?

「……あの、たばこいいですか?」

「はい、もちろん」

恐る恐る、ベッドの脇に位置する二人掛けくらいのローソファに腰を下ろした。眼前のローテーブルに吸い殻の入った灰皿があったので室内で吸うのは問題ないはずで、何よりベッドに戻るのは気まず過ぎてできない。

ジッポを開きたばこに火を点《つ》ける所作をまじまじと見つめられる気まずさに耐えつつも、煙を吸い込んだ。じじじ、と半分ほどまで火が進んでいき、かつてない多幸感と脳がぼやける感覚が押し寄せてくる。限界がきて煙を吐き出せば、過去最大レベルの煙が出て、こんな時だというのにちょっと嬉しかった。

「知ってると思いますけど、私も吸うんですよ」

声につられてベッドの方を向く。

布団をはだけさせ、下着姿のお姉さんがゆっくりとした動作でこちらに歩み寄って来ていた。俺の巨乳判定センサーが警鐘を鳴らしている。というかそんなもん無くても分かる格好してる。

思わずごくりと唾を飲む。

「知ってるってどういう……」

「……覚えてませんか？」

そのままお姉さんはソファにしな垂れかかってくると、机の上に置いてあった、十二ミリのマールボロメンソールから一本取り出し口に咥《くわ》える。そして目を閉じてん、と唇を寄せてきた。うわすげえエロい……。

……あれ、これ前もどっかであったような。

「ふふ、こういえば分かりますか？　火を、貸していただけませんか……？」

「……あ、あ」

いつか河原町の喫煙所で会ったゴキブリお姉さんだ。

そう思ったのと、俺と彼女のたばこが触れ合うのは同時だった。

……どこかで思っていた。「言うてこの世界では俺優勝でしょ！」と。女が男みたいな貞操観念を持っていて、つまりは下半身で物事を考え、下半身に脳みそを持つ者同士、ウハウハな生活ができるのだと。

でも違ったんだ。この世界では俺は狩られる側。俺が優位に立って女の子を手玉に取るなんてこと、できるはずが無かったんだ……。

並んでたばこを吸う下着姿のお姉さんは、きっとこの後俺をめちゃくちゃに犯すんだ。その豊満な二つのおっぺえを使ってあんなことやこんなことするんだ！　嫌がる俺を無理矢理犯して、それをばらされたくなければって脅してその後も関係を強要するんだ！　エロ同人みたいに！　エロ同人みたいに!!

……っは、危ない。危うく「むしろばっちこい」と思っているのがばれるところだった。俺はあくまで嫌がっているという体裁を保たねばならないというのに。

いやー、ついに卒業しちゃうのか俺、こんな美人で胸の大きい年上の女の人となー！　いやだけど仕方ないなー！　だってこの世界だと俺って狩られる側だもんなー！っかーつれーわー！

「今更ですけど、私は八田翠《やだみどり》といいます。お好きに呼んでくださいね」

期待の眼差《まなざ》しで隣を盗み見ると、そう言ってお姉さんが微笑《ほほえ》んだ。

思わずどきりと心臓が跳ねるが、ここは努めて冷静に自己紹介をすべきだと判断し、精一杯クールを装うと、手を差し出しながら口を開いた。

「平野和です。今は彼女はいません、付き合ったら一途《いちず》で情熱的です！」

まあ今はとか言ったが、いたことなんてないけど。ちょっと見栄張った。

八田さんはくすりと微笑むと、差し出した俺の手を握ってくれた。ほんのり冷たくて柔らかい手だった。

え、これつまり付き合ったってことでいいの？

「誤解のないように言っておきますが、やましいことはしてませんよ？」

「……へ？」

手が離れたのが何となくさみしくて八田さんの顔を見ると、困ったように笑う彼女の顔があった。呆《ほう》けたような声が漏れる。

「すぐそこの通りで泥酔していた和君がいたから、取《と》り敢《あ》えず安静にと思って連れてきただけなんです」

「え、昨夜は激しかったって……」

「あ、あーそれは、ちょっとからかってみたくなったというか、お約束というか……」

「さ、さっきはあんな……」

「ち、違うんですよ!?　さっきはなんだかイケイケだったというか、ちょっとブレーキ利かなくなったというか、寧《むし》ろそのせいで冷静になったというか……。私、寝起きのテンション高いみたいなんです……」

何故《なぜ》だか申し訳なさそうに告げられる。

……まあ、昨夜なにもなかったことに関しては薄々分かってはいたので別にいい。よく考えたら泥酔した男を家に連れ込んでとか普通に逮捕案件だし、エロ同人みたいなことは現実では起こり得ないのだと実感しただけだ。八田さんにとっては、この状況すらも俺が警察にチクればアウトなのだ。善意でしたことなのにそれはないだろうと思うが、前の世界を鑑みれば十分にあり得る。

問題はだな、昨夜何事もなかったとはいえ、起き抜けにあんなエロいことされて、こっちがその気になったらなんか一歩引かれたこの生殺しみてえな状態だよ！　どうしてくれんだよ！　せめてその胸にぶら下がってる凶器しまえよ！　服を着ろよ！　介抱してくれたことは非常にありがたいが、それはそれとして襲って来いよ！　お約束とか言うんだったらもっとぐいぐい来いよぉぉぉぉぉ!!

……。

…………。

…………ふう。

よし決めた。ここは俺が男になろう。この流れで拒絶されるなんてことは無いはずだ。俺を部屋に入れるくらいだから付き合ってる人もいないだろうし、俺が襲う分には問題ないだろ？　前の世界でも逆レのニュースとかネットのコメントは「羨ましい」で溢《あふ》れかえってたし、何の問題もないはずだ。いけるいける。

俺のヘタレさも性欲ブースト掛かってる今なら薄れてるし、絶好の機会といえた。

逆レの作法とか全然知らんけど、取り敢えずがばっといっとけばＯＫみたいなところあるし大丈夫だろう。大丈夫大丈夫、ここエロ同人でやったとこだし。

八田さんがたばこをもみ消したのを確認し、俺はすうと一度深呼吸をした。

……よし。


ジリリリリリリリリリリリリリリ……！！


「……八田さ――あぇ？」

「え、もうこんな時間!?　やだ私ったら……！」

突如としてスマホがアラームを爆音で奏で始めた。腕時計を見れば午前八時半を指している。そして、慌ただしくばたばたスーツを着始める八田さん。

あ、仕事か……。

……え？

呆然《ぼうぜん》とする俺をよそに、八田さんは手際よく身支度を整えだしていた。慌ただしくも最低限のメイクを施し、鏡の前で髪を整えながら投げかけてくる。

「和君っ、私は先に出ますけど、帰る時はエアコン消して、カギはポストに入れておいてくださいね！」

と、それだけ聞いたら新婚かなとちょっとドキドキする台詞《せりふ》を残して、あっという間に彼女は去って行った。その間実に十分と少し。出勤ＲＴＡ《リアルタイムアタック》でももう少しゆっくりやるだろというタイムだ。

あとに残されたのは、八田さんがいた場所に手を伸ばした状態で固まる俺だけだった。

「……なぁにこれぇ」

☆

ちなみに言っておくが、俺は朝シャン派だ。これは前日夜に髪を洗わないとかそういうあれではなく、朝起きてシャワーを浴びないと目が覚めないので、シャワーを浴びたら条件反射的にいつの間にかシャンプーもしているという意味である。まあ遅刻ギリギリなどの緊急時は例外だが、こんな生活を続けていたせいで朝シャワーを浴びないとすっきりしなくて気持ち悪いのだ。

俺は家主のいない部屋でしばらく硬直していたが、そういえば昨日は夜そのまま寝たであろうことを思い出し、弾《はじ》かれたように立ち上がった。

「そうだ、シャワー浴びよう」

初対面の上、さほど話したことも無い年上の女の人の家の風呂を勝手に使うのはどうかと我ながら思うが、裏を返せばそんな男を家に連れ込む女の人でもある。それに、あの時手を握ってくれたし、実質付き合ってると言えなくもないかもしれないという可能性も無きにしも非《あら》ずなので、俺が勝手に風呂を使うのは別に問題ないのではと判断した。

あと逆の立場だったと仮定した場合、俺は俺の不在時に面のいい女が勝手に風呂使うことに対して「ふーんエッチじゃん」とか思う人間なので、輪をかけて良しと判断するに至った。

俺は見知らぬ人の家の中で、家具などに触れないよう借りてきた猫のように慎重に歩きつつも、その実は勝手に風呂を使おうとしているという、遠慮深いんだか厚かましいんだかよく分からない行動をしていた。

あとから思えば、この数十分でいろいろありすぎておかしくなっていたのかもしれない。

「にしても、結構いい部屋だなここ」

十畳ほどのリビングに接続する形でキッチン、風呂トイレとあり、リビングだけでなく水回りもきれいに掃除が行き届いている。リビングは木目調ベースでベッドやインテリアが統一されているし、テレビがデカいのがいい。キッチンシンクには洗い物や水垢《みずあか》が溜《た》まっておらず、食器などはシンク上のラックにきちんと仕舞われていて利便性も中々よさそうだ。

この世界換算で女の一人暮らしなんて散らかり放題であろうことを考えれば、八田さんは中々にきれい好きなのだろう。どうしよう凄《すご》くポイント高い。

「タオルは……まあこれでいいか」

どこかに仕舞われていたら探すのに手間取っただろうが、一度使ったと思われるバスタオルが洗濯機の上に干す形で置いてあった。濡《ぬ》れてはいないので本当に使ったものかは分からないが、現状目につくタオルがこれしかないので仕方がない。そう仕方がないのだ。年上の美人なお姉さんの使用済みタオルしかないので、仕方がないのだ！

男のシャワーシーンなんて需要が無いので……あこの世界だと違うのか。ややこしいな。いやまあ今は俺しかいないし、需要はないことに変わりはないので割愛する。流石《さすが》にシャンプーなどは使っていないし、できる限り跡を濁さないように心掛けたつもりだ。勝手に風呂使っといて言うのもあれだが、変なところで申し訳なさを感じるのが俺という人間である。

俺は先ほどとは一転してさっぱりとした気分で体を乾かし、服を着てベランダに出た。明記しておくが、バスタオルをどうこうしたあれは断じてない。ほんとほんと、ちょっと匂いかいだくらい。ちなみにとてもいい匂いがした。

シャワーを浴びてさっぱりしたらたばこを吸うのは最早《もはや》ワンセットだ。ヤニカスはこのように、やたらと何かに紐《ひも》づけてたばこを吸いまくる習性がある。朝起きたらとか飯食ったらとか。うん、死んだほうがいい。

まだ時間的には朝であり、冷たいシャワーを浴びた上、カラッと晴れた朝の日差しはとても気持ちがいい。早起きすると何かとても得をした気分になる。だからといって夜更かしをやめたりはできないけど。リビングにも灰皿があったが、ベランダにも当然のように灰皿が置いてあって俺はちょっと嬉《うれ》しかった。流石姉さんだぜ。

たばこに火を点《つ》けて、外に向けて最初の煙を吐き出す。ほうと息を吐き三階のベランダの縁に肘をかけ外の景色を眺めると、ちょっと南の方に嵐電《らんでん》北野白梅町駅と、俺たちが飲んでいた烏《からす》貴族《きぞく》が目に入った。何だほんとにすぐ近くだったのか……。

相変わらず昨夜は二人と別れてからの記憶は全くないが、ここは家に帰るルート上といえなくもない場所だし、そこらでぶっ倒れていても不思議ではない。八田さんは本当に親切心で運んでくれたのかもしれないな。別に手は出されても俺は一向に構わんかったが、その辺もポイント高い。

もうほんとさっきから八田さんのポイントが急上昇過ぎてヤバい。何ならもうちょっと好きまである。いやないか。

「あ、カラオケあった」

目線を少し北に動かすと、七星《ななほし》たちが向かったであろうカラオケ店が目に入る。というかすぐそこだわ。二十四時間やってるとこだし、フリータイムで入っていたらまだ歌いまくってる可能性も全然あるのか……。

俺はたばこを多少嗜《たしな》んではいるが、ジムに行くことで肺へのダメージなどはチャラになっているはずなので、今のところ体力の衰えだったり息苦しさなどは感じたことがない。それを思えば、しこたま飲んだ後カラオケに行く体力を持つあの二人は一体普段どんなトレーニングをしているのだろうかと気になって仕方がない。普通に陽キャなだけとも言う。

根っからの陽キャでもない限り人と接したり騒いだりするのには、所謂《いわゆる》体力とは別に精神力的な部分も減っていく。俺は勝手にHP《体力》とMP《精神力》と呼んでいるが、陽キャはMP高いんだよな。多分魔法使いとか向いてる。陽キャなのに魔法使いとはこれ如何《いか》に。三十歳を越えた異性間性交渉未経験者がなるものだろ。

三階のこのベランダからは、カラオケ店の正面の喫煙所がよく見渡せる。俺もたまに一人で行くことがあるあの店は、漫画読み放題だし喫煙所も完備されていてとても居心地がいい。

え？　カラオケって一人で行くものでしょ？

そうほら、今もヤニカス共が正面側にある喫煙所に出てきて……ん？

「んー……？　あの特徴的な服とスーツ姿って……」

七星と新田《にった》だ。

そう直感するのと、俺がゴキブリもびっくりの初速でベランダの陰に身を伏せたのは同時だった。

☆

「結構歌いましたね！　私オールなんて久しぶりですよ～……って七星さん？　どうしたんです？」

「んー、なんか見られてるような感じがあったけど。気のせいかな？」

「え、もしかしてストーカーですか？」

「いやストーカーは私……って違うわ！……ち、違うよ？　ホントに違うんだからね？

ねえ待って新田ちゃん何でそんな目するのお願い信じて無言で去って行かないでよぉ！」

☆

「……行ったか」

のそりと縁から目だけを出してカラオケ店を窺《うかが》うと、どうやら二人とも喫煙所を去ったようだ。

これで一安心とばかりに煙を吐き出す。

いや別に隠れる必要なんてなかったけどね？　そもそも送って行ってくれないからこん

なことになったのだ。いやこんなことって言うか、何もないけどさ。

いくら俺が一人で帰れるとか宣《のたま》ったとしても、そこは付いて来いよと思ってしまう。君たちさあ、送《おく》り狼《おおかみ》って言葉を知らんのかね？　俺は全然ウェルカムなんだが？　「うるせえ！　(私の家に）行こう！」くらい言って欲しい。某麦わらの船長を見習って、どうぞ。

なんてめんどくさい女ムーブをかましつつ、この後のことを考える。だんだん気温も上がってきたがベランダはうまい具合に日陰になっており、朝シャワー後の気持ちよさも相まってもう少しここに居たい気分だった。

というわけで二本目に火を点ける。

「はー……。やっぱりピースなんだよなぁ」

何もお礼をせずに帰るのは些《いささ》か無礼だろうし、とはいえ八田《やだ》さんが帰宅するまで待っているのもどうかと思う。出勤時に家にいた初対面の男が帰宅してもそのままいたら恐怖以外の何物でもない。

先ほど好奇心から冷蔵庫の中身を見てしまったが、あまり自炊はしないタイプなのか全くと言っていいほど食料は無く、限界社畜のお手本のようにビールばかりが詰め込まれていた。なので何かしら作って置いておくのはいい案かと思われるが、見知った相手ならまだしも、ほぼ初対面の俺がそれをしてしまってもいいのかと躊躇《ためら》われる。好き嫌いもあるだろうし。

ベランダから、窓越しにリビングを見やる。

そこには、朝の慌ただしさからか置き忘れになっている彼女のマルメンがあった。この知らないものだらけの空間で、俺が唯一彼女を感じることができるものがあった。

先の光景がフラッシュバックし、思わず鼓動が高鳴るのをヤニを吸うことで落ち着ける。

胸デカかったなあ……って全然落ち着けてねえわ。

「まあたばこが安定か……」

愛飲しているたばこが分かれば、ヤニカスにとってこれほど丁度いいお礼の品もないだろう。量があって困るものでもないし、そういう点ではヤニカスは便利だ。たばこさえ与えておけば取《と》り敢《あ》えずのご機嫌がとれる。

お腹《なか》も空《す》いてきたし、すぐそこのコンビニでマルメン買うついでになんか買うか。いやでも金無いしな……。飯は自分の家帰ってからにしよう。

俺は最後に深く煙を吸い込むと、吸殻を灰皿に押し付けた。鍵は玄関に置いてあったからよしとして、コンビニでたばこ買ってから一度は戻ってこないといけない。うわー彼女できたらこんな感じなのかな。このめんどくさいながらもそこにちょっと幸せを感じるみたいな、言い知れない満足感。

「あー彼女ほしー……！」

あ、そう言えば金が無いんだからそもそも料理なんてできるはずもなかったじゃん。よかったマジで八田さんがヤニカスで。

☆

今日も疲れた。

大学を卒業して入社したこの会社だけど、思った以上にハードだった。普段の業務はもちろん、必須になる資格勉強や、三年目になってから始まった預かり資産の販売など。最近は先輩社員にもぐちぐち言われることが増えた。元々さほど情熱をもって入った業種というわけでもなくて、だから益々《ますます》やる気も出ない。毎日与えられた仕事を漫然とこなし、波風立たないように過ごしているだけだ。

思えば、学生時代を振り返っても同じようにしてきた気がする。人と接したり関わったりすることは避け、目立たないように穏便に生きてきた。だから人付き合いも苦手なままだし、普通にしているだけでも「怒っているの」と聞かれることもある。

「はあ……」

そのせいか、喫煙量もすこぶる増えた。

入社してから上司に半ば無理矢理勧められて吸ったのが初めてだったが、私には合っていたのか、ずるずるとハマってしまい、今ではたばこが無いと不安になってしまう。依存できるものがあるというのはいい。私みたいな弱い人間は、何かに寄りかからないと生きていけない。

　仕事終わりに立ち寄るこの喫煙所は少し好きだ。私のように生気のない顔をした社会人も勿論《もちろん》いるが、学生の街ということもあって若い子が来るから。夏でもこの時間なら昼間よりも涼しく快適だし。潑溂《はつらつ》とした様子の彼女らを見ていると、少し気分も明るくなる気がする。男の子がいればもっといいけど、そもそも男性で吸っている人があまりいないのでレアケースだ。

　いつものようにふらりと吸い寄せられるように入って行き、喫煙所を求めて陰鬱に歩いている様は何かそう、蜂に宿主にされるゴキブリのようだ。なんだっけあれ、エメラルドゴキブリバチだったかしら……。私のような陰気な人間は意志を奪われたゴキブリがよく似合っているると、自嘲気味にため息がこぼれた。

「あれ……ない……」

　運の悪いことに、カバンの中にたばこが見当たらない。会社を出る時は入っているのを確認したし、ここに来るまでにどこかで落としてしまったに違いない。

　どうしよう。たばこだけならまた買い直せばいいが、私は残りの本数が少なくなってくると、ジッポライターもケースの中に入れて持ち運んでいる。あのジッポは仲がいい友人が贈ってくれたもので、大事なものだ。無くしたなんて考えたくない。

探しに行かなくちゃ。

そう思った時だった。

歩きだそうと顔を上げた私と、今ちょうど喫煙所に入ってきた大学生と思《おぼ》しき男の子の目が合った。なにが、というわけではないのに、私は目を見開いて彼を見つめていた。

スローモーションのように光景がコマ送りされていく。清潔感のある服装だが、別に何か特別目立っているというわけではない。顔は整っているけれど、テレビから出てきたような絶世の美人という程ではない。包容力のある優しそうな人という、私の理想の男性像というわけでもない。

なのにどうしてだろう。一瞬目が合っただけのこの男の子が、脳裏から離れない。彼の何が特別なのか分からないまま、とくんと跳ねた鼓動に従って、私と同じく入り口付近の壁に寄りかかった彼を見る。

取り出したセブンスターをまじまじと眺め、火を点けようとしているところだった。キンと、ジッポライター独特の小気味いい音が聞こえる。

そんな彼の胸のポケットに、見覚えのあるたばこのパッケージが見えた。間違いない、あれはマールボロのメンソールだ。

当然、彼が拾ってくれたという可能性は低い。普段から吸っている、あるいは興味本位で買ってみただけという可能性の方がよっぽど高い。実際、メンソールと普通のたばこを両方吸っている人だってざらにいる。

「……っ」

喫煙所では、よくたばコミュニケーションなんて言って火を貸してもらう話はよく聞くけど、当然私はそんなことしたことがない。知らない人に声を掛けるなんてできない。

ここはスペース的にも広いし、人に声を掛けるために近寄っていく暇にも恥ずかしさや恐怖が鎌首をもたげるのだ。

でも。それでも。

彼に特別な何かを感じてしまった。加えて、そんな彼は私が探しているたばこと同じものを持っている。運命というにはあまりにも細い糸だけど。

私はきゅ、と唇をかむと、意を決して彼に近づいて行った。

「あの」

「な、何ですか？」

びっくりした様子の彼の声音とは裏腹に、その態度や雰囲気には警戒の色が見て取れない。こちらを窺い、胸のあたりで一瞬目線が止まる。なぜかは分からないが、その後もちらちらと胸の方に目線がいっている。

やっぱり美人だと再認識しつつも、あまり女の人に慣れていないのかな、と自分のことを棚に上げて少し嬉《うれ》しくなってしまう。

「あ、あの。ここに来るまでに、マールボロのメンソールが落ちていませんでしたか……？　私どこかで落としちゃったみたいで、でも会社を出る時にはあって、この辺で落としたはずなんですけど、すぐ後にあなたが入って来て、それで……」

プライベートで突然男性に話しかけるなんて、まるでナンパしているみたいだ。そう思うと途端に緊張してしまい、知らず早口になっていく。まくし立てるように、あなたの胸ポケットのたばこ、確認させてもらえませんかと、そう言おうとした時。

「お返しするのが遅れてすいませんでしたァッ！」

「ひっ、あ、え、どういたしまして……？」

彼が胸ポケットからたばこを引き抜き、最敬礼で手渡してくれた。本当に、私のたばこを拾ってくれていたらしい。こんな偶然あるんだ……。

その勢いに少し圧倒されつつも、そっとたばこを受け取る。

「……拾ってくれていたんですね。ありがとうございました」

「はい！　いいえ！」

えっ、と……。

これは「拾ってくれていた」に対してYESの意で「はい」、「ありがとうございました」に対して遠慮の意で「いいえ」ってことでいいんだよね……？

なんだか面白い子だな。そう思ってくすりと笑い、流石《さすが》に失礼かもと、慌てて隠すように手に持ったたばこをいじるふりをして誤魔化した。その拍子に、ぽとりと手の中にジッポが転がってきた。

思わずまじまじと見つめてしまう。思えば、このジッポが彼と話すきっかけをくれた。友人には感謝しなきゃ。

「……本当にありがとうございました。これ、大事なものなんです」

「……」

彼の表情が変わらない。わ、私何かしちゃったかしら……？　ど、どうしよう、何か言った方がいい？　でも何を……？

俯《うつむ》いた私の目に、手の中のジッポが映る。そうだ、たばこ吸おう……。そもそもここ喫煙所だし、何の問題もないはずだ。彼も、年上である私が吸うのを待っているだけということもあり得る。

いそいそとたばこから一本取り出して、ジッポの蓋を開ける。キンという金属の音が居心地の悪さを紛らわすようで、心地よかった。

「あれ……？　オイル切れかしら」

しかし、いくらフリントを擦《こす》っても、芯に火が灯《とも》ることは無く、虚《むな》しく火花が飛ぶだけだ。オイル切れの症状で、そういえば最後に補充したのはいつだろうと、ぼんやり考えた。

仕方ない。彼に借りよう。

この一連の流れを彼は見ているし、今ここで火を借りても何の問題もないはずだ。それに、第一声という一番緊張する段階はもう終わっている。

案の定最初ほど緊張することも無く、私の口は思ったように動いてくれた。

「あの。火を、貸していただけませんか……」

「も、もちろんいいですよ。……どうぞ」

「あ、ジッポなんですね」

「は、はい。貰《もら》いもんですけど……」

「私もです。ふふっ」

おっかなびっくりという様子で火が差し出されてくる。

え、ど、どうしよう私も「ふふっ」とか言ったはいいけど誰かに火を貸してもらうなんて初めてだ。こういう時ってどうしたらいいんだろう。わざわざ受け取って火を点《つ》けるのはちょっと違うだろうし、やっぱり咥《くわ》えた状態で火を点けるのかな……？

私は目を閉じて咥えていたたばこを彼の差し出した火に近づけていった。なんだかキスをしているみたいでドキドキする。緊張してると思われたらどうしよう……。

「……平野《ひらの》君さあ、何やってるの？」

火が点いたと思ったその時、怒った様子の女の子が現れた。

私のたばこは、その人が差し出したターボライターによって火が点けられていた。

「何って……火を貸してただけだが」

びっくりして硬直している私をよそに、男の子が地雷系の服を着た女の子に話しかけている。当たり前だが二人は知り合いだったらしく、女の子が怒っている様子を見るに付き合っていたりするのだろうか？　ああ、きっとそうだ。顔がいい男の人なんて大体もう既に恋人がいて、私が付け入る隙なんて無いんだ。いつもそうだ……というにはそういった経験があまりにも足りないけれど、片手で数えるくらいの経験則から言えばいつもそう。

「あ、お姉さんお姉さん」

「えっ、は、はい」

勝手に落ち込んでいる私を呼び込むように男の子が声を掛けてくる。

「連れが来たんで俺行きますね」

「えっ、あっ、はい……」

「それじゃ、あー、お仕事頑張ってくださいね！　じゃあまた！」

火の点いたたばこを胸の前で持ったまま棒立ちしている私に、彼はにこりと微笑《ほほえ》むと去って行った。

残された私の持ったばこから、灰がぽとりと落ちる。一口も吸わないで持っていたためか、火種も落ちてしまったようで火が消えた。

「また……」

また、と言った。

確かに言った。

きっとなんでもない別れの一言。本当にまた会いたいと思ったわけではないだろうけど。

でも、何となく彼とはまた会える気がして。

「ふふ……」

ほんの少し前に彼と会ってからというもの、何となくばっかりだ。そう自嘲する。

落ち行く灰とは裏腹に、私の心に何かが灯ったような気がしてならなかった。

☆

今日も頑張った。

前よりも少しだけ晴れやかな気分で、最寄りのバス停に降り立った。

平野君と呼ばれていたあの男の子に会ってから、またどこかで会えるのではないかという確信めいた思いからか、以前よりも積極的になった気がする。先輩や上司の言葉に負けないで頑張ってみると、ちょっとだけだけど「変わったな」って思えるし、向こうも何故《なぜ》か少し嬉しそうだしで、最近は仕事も前向きになれた。

それも彼のおかげ……ではあるが、数か月もそんなメルヘンな気持ちで頑張り続けられるかと言われればそうではない。

す、とスマホのフォトアプリを開き、パスワードを入力し秘匿にしているフォルダを開いた。

「ふふ……」

少ないけれど、これを開けばいつでも彼に会える。

言っておくが、私は別にストーカーなどではない。たまたま彼を見る機会があって、たまたまいい画角だったからこっそり撮っただけだ。勿論《もちろん》ネットに拡散する気などない。そんなもったいないことはしない。これは私が完全個人用に使っているものだ。言うなれば元気の源である。

残業をしてから帰ったため少し遅いこの時間は、バス停から家まで人の気配がないので彼を眺めながら歩けていい。流石に人がいるところで開いたりはしない。

思えば、一目惚《ひとめぼ》れというやつなのだろうか。初対面の時はあまりそんな感じは無かったけれど、そのあと偶然駅の近くで見かけて、「あ、スーツ着てる」って思って体が勝手にカメラを構えて以来、その写真を見返すたびに気持ちが大きくなっていった気がする。私の最寄り駅で見かけることが多くて、いつもスーツを着ている彼は、もしかしたら大学生ではなく私と同じく社会人なのかもしれない。

ちょっと前も、先輩に彼の写真を見ているところを見られて、「彼氏?」なんて聞かれ、咄嗟《とっさ》に「そうです」と答えてしまった。罪悪感を感じつつも、その先輩の中では私と彼が付き合っていることが事実化したことに、言い知れない満足感を抱いてしまった。心の中でごめんねと謝りつつも、そうなったらいいなあなんて思う。私もまだ二十五歳だし、彼の年齢は分からないながら、たばこを吸っているということは二十歳は越えているはず。つまりどれだけ離れていても五歳差だ。五歳差なら、世間的にも許される範疇《はんちゅう》だろう。これが逆だったらちょっと分からなかったけど。

これまでたばこ以外に何かに熱中したりハマったりすることがなかった私。最近は推しなんて概念が流行《はや》っているが、これもその一種なのだろうか?

かつかつと、夜の住宅街に私のヒールの音が響く。数か月前とは違い、その足取りは軽い。夜空を見れば、皓々《こうこう》と月が照っており、何だかいい気分だ。こんな夜は何か特別なことが起こりそうな予感すらする。

「ふふ。なんてね……え?」

そんなことあるわけない、そう自嘲めいて笑った時だった。

「……え?」

私の家の前の生垣から、男の人の下半身が生えているのを発見した。な、なんで……?

「え、あ、あの……? 大丈夫、ですか?」

おそるおそる、というように抜き足差し足で近寄って行き、少し遠巻きに声を掛ける。

流石に死んでいるわけではないと思うが、もし何かしらの事件的なあれだったらめんどくさいな、と思う。

「う、うーん……死ぬぅ……」

あ、よかった酔ってるだけだ。

男性のお尻に向かって話しかけている成人女性という絵面は流石にどうかと思い、生存確認も取れたことだしもう少し近づいてみることにする。

「大丈夫ですか？　立てま……っ!?」

回り込んで生垣から生えているこの男の人を確認した私は、思わず持っていたバッグを落とした。どさり、という音が他人事《ひとごと》のように聞こえてくる。

彼だ。

間違いない。間違えるはずもない。

先ほどまでスマホの中にいた彼が、今ここで生垣から生えている。いや状況が特殊過ぎて頭の処理が追い付かないけど、確かにここにいるのだ。

「……」

火事場のなんとやらというべきか。

酔った人を無下にはできないという善心も確かにあった。このままだと、色々な意味でちょっと危なそうだったし。

でも彼の腕を肩に回し、部屋に連れていく私の顔には、今まで浮かべたことがないような笑みが浮かんでいた。


やってしまった。

彼を自分のベッドに寝かせて一息ついた私に、今更ながらそんな感情が去来した。一時の感情に身を任せると身を滅ぼすとよく言うが、今の私はまさにそうだ。泥酔しているとはいえ、意識のない男の子を自分の家に連れ込んだという客観的事実に、さあと汗が引いていくのが分かる。

むしろ、ここまで来たら行くところまで行ってしまえと言う気持ちもないわけではない。でも、それではただのレイプと何ら変わりはない。逆の立場なら喜んでお願いしますと伏してお願いするくらいだが、生憎《あいにく》こういう場では女の立場は弱いため、どうしても躊躇《ためら》ってしまう。

私の男性経験の無さも、躊躇《ちゆうちよ》に拍車をかけていた。こんなことなら学生時代にもっと遊んでおくべきだった。今更後悔が押し寄せてくるが、もうどうしようもない。

「……」

自分の部屋だというのに妙に居心地が悪くて、他に誰がいるでもないのにきょろきょろと視線を彷徨《さまよ》わせながらベッドにもたれるように腰を下ろした。

改めて彼の寝顔を見ると、アルコールのせいか悩まし気に顔をしかめながら、時折うなされたようにうんうんと言葉が漏れている。

「あ、そうだ水……」

苦し気な様子に触発されたように、キッチンに行きコップに水を溜《た》める。飲み過ぎた時には水を飲ませるといい、といつか会社の飲み会で誰かが言っていたのを思い出した。

「の、飲めますか……？」

「んん……」

彼の上半身を起こして、口元にコップの縁を近づける。

傾けたコップから伝った水が唇を濡《ぬ》らすと、体の反射なのかこくりと喉が動いた。

そんな扇情的な姿と、手ずから男性に水を飲ませているという今の状況に、心臓が速度を増していくのが分かる。かあと頬が熱くなって、心なしか頭もぼうっとしてきたような気がする。

このままではいけない。

コップ一杯分の水を飲んで少し落ち着いた様子の彼を見下ろしながら、内心思った。このままでは理性のたがが外れるのは時間の問題だと。

一先《ひとま》ずシャワーを浴びて来よう。さっぱりすれば、気持ちも落ち着くはずだ。

眠っているとはいえ男性の目の前で服を脱ぐのは躊躇われて、私は着替えをクローゼットから持ち出すと、リビングから出てお風呂場に向かった。

☆

「あぁ、さっぱりした……」

お風呂から上がり、さっぱりとした気持ちと共に冷蔵庫から缶ビールを取り出してぐいと一口呷《あお》る。

「あ……」

あまりにもいつもの流れ過ぎて自動的なまでにスムーズな動きでビールを飲んでいた。

今飲んだらまずいのでは、とリビングに彼がいることを思い出して理性が警鐘を鳴らすが、私の手の中のスーパードライが「ここでやめると美味《おい》しくなくなるぞ」と語り掛けてくる。

「どうしようかしら……」

とはいうものの、気の抜けたビールほど美味しくないものはない。折角なら、ビールは美味しく飲みたい。

それに、一缶だけならそこまで酔ったりはしないし大丈夫だ。大丈夫、私はお酒弱くないし、変な酔い方もしないはず。開けちゃったものは仕方ないし、このスーパードライは飲んでしまおう。

そんない訳を頭の中でこねくり回すと、私はぐいと一気に冷えたビールを呷った。

「はあ……」

ああ、仕事終わりに飲む冷えたビールほど沁《し》みるものもない。

……たばこと一緒にやりたくなってきてしまった。

…………もう一本くらいなら大丈夫かな。

「――やっちゃった」

目の前の四本の空き缶に、湯上りとは別の理由で火照った顔がぐにゃりと映っている。大丈夫大丈夫と思っているうちにいつの間にかこんなに飲んでいたらしい。お酒って怖い。改めてそう思った。

アルコールのせいで少しボヤッとする頭の中は、「早く寝たい」で占められている。私は酔うと眠くなるタイプだ。このまま寝てしまいたいが、果たしてそれはいかがなものだろうか。扉を隔てた向こうには泥酔した平野《ひらの》君がいるわけだし。

少し考えて、あれ、むしろいい方向ではと思う。このまま寝てしまえば彼にも何かするわけにはいかなくなるし、間違いを犯す可能性は無くなる。いや間違い犯したいけど私にも生活がある……現状寝てしまうのが一番いい案に思えてきた。

「ならいっかぁ」

そう納得すると、羽織っていたバスタオルをぽいと洗濯機の上に投げ、下着だけの格好でリビングに向かう。

「えへへ」

彼は相変わらずそこに居て、今まで画面越しで見ていた人が実際に目の前にいる事実に今更ながら頬が緩む。

今から私は寝るしかないわけだが、この家にベッドが一つしかない以上、私も彼と同じ場所で寝るしかない。つまり一緒に寝ることは仕方がないのだ。我ながら完璧な理論にほれぼれする。

唯一の懸念点は、私が酔って寝た後の寝起きはテンションが少し高いくらいだが、別に気にするほどでもないだろう。そんなことより今は彼のことで一杯だ。

「失礼しますね……」

夏とは言え、普段下着姿で寝る私は夏用の薄い掛布団を掛けている。もしかしたら彼は暑いかもしれないけど、一緒に布団を被《かぶ》りたいので合わせてもらうしかない。

夜の住宅街は静寂に包まれている。暗いリビングの中で、私がベッドに腰かける衣擦《きぬず》れの音のみがかすかに聞こえていた。

心臓が高鳴っている。でも、今はむしろそれすらも心地よかった。

露《あら》わになっている太ももから、彼の体温を感じる。

こうして異性と触れ合うのは初めてのことだというのに、そこに嫌悪感は無く、体がもっと求めているのが分かった。

ゆっくりとした動作で彼の隣に体を横たえると、私の体重分ベッドが沈み込んでいく。横目で眺める彼は穏やかな寝息を立てており、起きる気配はない。私はそっと彼の右手に自身の右手を這《は》わせた。肌同士が密着していて、温かいのか暑いのかもうよく分からない。唯一分かるのは、これはとても気持ちがいいということだけ。

ああ、このままベッドの奥の奥、誰も来ない場所まで、二人沈んでいけたらいいのに。

そのままつうと筋肉質な腕を撫《な》で下がって行き、掌《てのひら》にたどり着き、重ねた。ごつごつとした男性の手。握ったり離したりするが、寝ている彼からの反応はない。そんな当たり前のことにむっときて、頰を膨らませながら少しつねってみたりした。勿論《もちろん》無反応。

腕を絡めた状態で仰向《あおむ》けになると、このまま寝入ってしまいそうなほど安心感があることに気付いた。夏でも体温が心地いいなんて、知らなかった。

「ふふふ」

情欲よりも満足感が勝り、私はそのまま瞼《まぶた》を閉じた。

☆

八田《やだ》さんの家から出た俺は、じりじりと射《さ》す朝の陽《ひ》ざしに耐えながら北野白梅町駅近くのコンビニへ向かっていた。お礼のたばこを購入したらまたこの道を引き返さないといけないのでげんなりするが、流石《さすが》に礼を欠くわけにはいかないので心に活を入れて背筋を伸ばした。

「暑い……」

が二秒で姿勢が崩れた。如何《いかん》せん暑い。シャワーを浴びたからまだましとは言え、昨日も着て汗をかいた服をまた着るというのは不快指数が高い。今も現在進行形で汗かいてるし。きっとくさいので今だけはかわいい女の子といえど近づいてほしくない。文字通り鼻つまみにされるだけだ。

この路地を抜けると南北に続く西大路通があって、コンビニは西大路を少し北に歩いたところだ。そんな西大路通に出るには、ひっそりと佇《たたず》むラブホテルを目印に曲がるわけだが、絶対にそこの駅前の居酒屋で飲んだ大学生が二次会ですぐそこのカラオケ行って、終バス無くなったとか酔ってるし休んできなよとか言ってホテルに行くんだ。俺は知ってるんだ。

くそがよ……と思わず今まで通りの常識に基づいた愚痴がこぼれるが、この世界では俺はホテルに連れて行かれる側だったことを思い出し、少し冷静になれた。

でも逆転世界になってから一度もそんな美味しい思いしたこと無いんですけどそれは。今さっきの八田さんが初めてだよ。なんで襲ってくれなかったんだろう。いやむしろ、常識ある社会人は普通そんなことしないのか。リスクが大きすぎるからな。

「もういっそプラカード首から掛けるしかないか……」

犯してください的なやつ。なんかそういうエロ同人見た気がするし、いけるだろ多分……。

暑さのせいか終わってる思考でふらふら歩けば、いつの間にかコンビニに到着した。ふいーすずしー……。

買うものは決まっているし、スムーズにコンビニを後にする。いくら涼しかろうといつかは出ないといけないのだから、さっさと出るに限るのだ。

「ふー……」

あれれおかしいぞ。暑い暑いとか言っときながら外にある灰皿の前でたばこに火が点《つ》いてるよー？　なんでだー。

まあ灰皿を見つけたら取《と》り敢《あ》えず吸っておくのは常識なのでね、仕方ないね。

流石に夏の昼前というべきか、大通りに面したコンビニとはいえ灰皿に群がっているのは俺一人だ。

俺はクソ暑い中日向を歩く人々を優雅に日陰から眺めつつ一服をしていた。なんていい気分だ。いやここも暑いは暑いけど。

「ん……？」

と、視界の隅から見覚えのある人間たちがこのコンビニに向かってくる。片方は特徴的過ぎて遠目にもよく分かるファッションをしているため、自然その隣にいるやつも割れた。そいつもそいつで着慣れないスーツ姿なので分かり易《やす》い。

どうしよう今は絶対会いたくないやつらだ。さっきカラオケに居たのだから、ここでエンカウントしてもおかしくなかった。俺のミスだ。

瞬間的に顔を背け、今からでも無関係の人ですオーラを醸し出していく。願わくはスルーしてくれ……！

「あれ先輩じゃないですか？」

「ほんとだ平野君だ！　なんでこんなとこに？」

だめでした。

俺は流れ落ちる冷汗を背中に感じつつ、どう言い訳をすべきか全力で脳みそをフル回転させていた。ド正直に、「一回会っただけの女の人の家に泊まってました」なんて言えるわけがない。それは、そんなことをしてしまう人間だと思われたくないというちっぽけなプライドでもあった。そんなことっていうか、何もしてないんですけど。残念ながら。

しかしどうやっても、昨晩べろべろの状態で別れた人間が翌朝同じ格好で同じ場所にいる理由が見当たらない。

「……あの、もしかして先輩、あの後その辺の道端でつぶれて、そのまま……？」

俺が何も言わないことに、何かを察した様子で新田《にった》がかわいそうな人を見る目を向けてきた。それを聞いた七星《ななほし》も、「あっ……」と悲哀と申し訳なさが混ざった表情を浮かべている。

……ははーん。

さては、俺が昨夜一人で帰ることができずに路傍で泥酔して今に至ると勘違いしているな？　正直そんな情けない誤解は解いておきたいと思わなくもないが、今はうまい言い訳も思いつかないのでそれでいくことにする。あながち間違いって訳でもないしな！

「まあ、そんなとこ……かな。記憶ないけど」

俺の言葉に、二人は「うわあ」という表情を浮かべる。新田は口にも出した。

我ながら記憶が無いと付け足すことで責任の所在を有耶無耶《うやむや》にしようとしているあたり小物過ぎる。なんだか二人を騙《だま》しているようで罪悪感が湧かないでもないが、実際八田さんとは何もなかったと自分に言い聞かせ、良心の呵責《かしゃく》にはそのまま蓋をした。

「ごめんね平野君。やっぱりちゃんと送ってあげるべきだったよ」

「ほんとですね。財布とか取られませんでした？　何か変なこととかされてないですか？」

うわあ俺にやさしい言葉をかけるな！　罪の意識がごりごり俺のメンタル苛《さいな》んでくるから！……あーなんか胸の奥がずきずきしてきた。心なしか心拍数も上がってる気がする。

でも言えない。言えるわけない。うぐをを、俺はこの業を背負って生きていかねばならないんだ……！

先ほどまでいい気分で吸っていたたばこはいつの間にか味もしなくなり、気まずい内心を紛らわすだけの道具に成り下がってしまっていた。

「心配してくれてありがとな。財布とかは大丈夫だし、昨日は俺が一人で帰れるって言ったから、まあ自業自得だ」

内心痛む胸を押さえつつ、表情だけは目いっぱい取り繕ってそう絞り出した。だから、と続ける。

「もし次誘ってくれた時はさ、その……家まで送ってくれると助かる」

まあ次なんてものがあるかは分からんが。こんな引け目を感じてしまうくらいなら、恥を忍んで頼んでおいた方がいいというただの自己逃避でもあった。

だから、勘違いしたままの二人が、恥じらいを浮かべつつも素直かつ「そういう意味」ともとれるセリフを吐いた俺に対して、どう思うかなんて気付くはずもなかった。

「平野君……分かった！　今度平野君が酔っちゃった時は、私が責任持って家まで送るね」

「しょうがない先輩ですね。仕方ないので私が送って行きますよ」

「「……え？」」

七星がどこか上気した顔で頷《うなず》いて、やれやれといった様子の新田の声と被った。そして顔を見合わせる二人。

あ、ここに居たらまずい。

そう第六感が判断し、コンマ何秒の速さで俺が踵《きびす》を返すのと、

「平野《ひらの》君」

「先輩」

「「どっちに送って欲しいの?」」

二人からトーンの落ちた声がかかるのは同時だった。

……貞操逆転世界のたばこ事情って、なんでこんな修羅場なんだ!

MIDORI YADA

名前

八田　翠

職業

OL

身長

165cm

好きなもの

たばこ、落ち着く場所

吸っているたばこ

ハイライト・メンソール

HAKARU AIZAWA

名前

会沢　議

職業

大学生

身長

170cm

好きなもの

たばこ、アニメ、麻雀

吸っているたばこ

パーラメント・ＫＳボックス

ATARU KONAKA

名前

幸中　充

職業

大学生

身長

172cm

好きなもの

たばこ、パチンコ、妹

吸っているたばこ

ラッキー・ストライクＦＫ

あとがき

まずは謝辞を。貞操逆転ヤニカスものという衆目に触れさせるのを躊躇《ためら》うようなジャンルであるにもかかわらず、書店でこの本を手に取り、「外聞なんぞ知るものか、俺は買うんだ！」という強い意志のもと購入してくださった、物好き且つ同志たる読者の皆様。出版に当たって右も左も分からない私をここまで導いてくださった、担当編集K様。そして、一癖も二癖もある登場人物たちを素晴らしいイラストに仕上げてくださった、秋々あき様。改めてお礼申し上げます。本当にありがとうございました。

あとがきって何を書くか分からないままいるので、何となくそれっぽいことを語っておきますね。本書では、たばこという言葉はすべて平仮名で統一しております。煙草《たばこ》でも夕バコでもなく、たばこ。これは、製品としての表記は「たばこ」になっているからというだけでなく、平仮名にすることで、たばこの持つ悪いイメージが何だかマイルドでふわっとした感じになったらいいなあという、私個人の考えでもあります。なるわけないか……。

なんて、お茶を濁したところであとがきに必要な字数も埋まりました。それでは、またご縁があればお会いしましょう。京都の郊外にて、たばこの煙をくゆらせながら……。

園田《そのだ》那乃多《なのだ》

OVERLAP

貞操逆転世界のたばこ事情
1本目　愛の重さはタールに比例する？

発　　行　2024年10月25日　初版第一刷発行

著　　者　園田那乃多
発 行 者　永田勝治
発 行 所　株式会社オーバーラップ
〒141-0031　東京都品川区西五反田 8-1-5
校正・DTP　株式会社鷗来堂
印刷・製本　大日本印刷株式会社

Printed in Japan　ISBN 978-4-8240-0965-4 C0193